# LES
# LANTERNES

## HISTOIRE DE L'ANCIEN ÉCLAIRAGE

# DE PARIS,

PAR

## ÉDOUARD FOURNIER,

SUIVI

DE LA RÉIMPRESSION DE QUELQUES POÈMES RARES.

---

Les nouvelles lanternes, 1745.

Plaintes des filous et écumeurs de bourses contre nosseigneurs les reverbères, 1769.

Les ambulantes à la brune contre la dureté du temps, 1769.

Les sultanes nocturnes, 1769.

---

## PARIS.

DENTU, LIBRAIRE, | P. JANNET, LIBRAIRE,
13, Galerie d'Orléans, Palais-Royal. | 28, Rue des Bons-Enfants.

1854.

Bain

# LES
# LANTERNES

HISTOIRE DE L'ANCIEN ÉCLAIRAGE

# DE PARIS,

PAR

## ÉDOUARD FOURNIER,

SUIVI

DE LA RÉIMPRESSION DE QUELQUES POÈMES RARES.

---

Les nouvelles lanternes, 1755.
Plaintes des filoux et écumeurs de bourses contre nosseigneurs
les réverbères, 1769.
Les ambulantes à la brune contre la dureté du temps, 1769.
Les sultanes nocturnes, 1769.

---

## PARIS.

DENTU, LIBRAIRE,
GALERIE D'ORLÉANS, PALAIS-ROYAL.

—

1854

## PARIS.

IMPRIMERIE FRANÇAISE ET ESPAGNOLE DE DUBUISSON ET Cie.
Rue Coq-Héron, 5

LES

# LANTERNES

HISTOIRE DE L'ANCIEN ÉCLAIRAGE

# DE PARIS.

Les anciens vivaient au grand jour. S'ils prenaient sur leurs nuits, c'était pour s'adonner plus longtemps à la débauche et rarement pour se livrer plus à loisir au travail. Les philosophes seuls et les poètes savaient tout ce qu'ont de prix le silence et le recueillement des labeurs nocturnes, aussi la lampe d'Epictète était-elle une rare relique. Celle de Démosthène, qui ne survécut pas tant, et celles d'Eschyle ou d'Euripide, qu'on eut le tort de ne pas conserver non plus, auraient pu seules lutter, comme choses précieuses et rares, avec le philosophique ustensile.

Je ne parle pas de la lanterne de Diogène, qu'il eût été peut-être bon de garder aussi. Mais comme le cynique ne s'en servait qu'en plein jour, et que nous ne nous occupons, nous, que des éclairages de nuit, nous la laisserons, sans en dire davantage sur son compte, au fond de l'amphore fêlée qui fut la niche de ce grondeur. Remarquons toutefois, en passant, que le Chodruc de Sinope n'était pas si bizarre et si fou qu'on l'a prétendu, lorsqu'il s'en allait, en plein midi, cette lanterne à la main, chercher, un homme par les rues d'Athènes. Tout bien examiné, en effet, et sans la considérer même comme l'indice de la curiosité du cynique, comme le symbole de son incrédulité de chercheur, ici la fameuse lanterne n'est pas si mal employée. Par ce grand soleil, elle ne lui était pas d'une nécessité grande, j'en conviens ; mais, la nuit venue, s'il l'eût gardée pour continuer sa recherche, elle ne lui eût pas été plus utile ; alors, il n'eût trouvé personne dans les rues. Pour qu'elle servît de quelque chose à ce quêteur d'homme, il fallait qu'il l'allumât en plein jour. Même, paradoxe à part, Diogène ici était donc un sage.

Hormis ces vauriens nocturnes auxquels Théophraste consacre tout un chapitre de ses *Caractères* et dont nous lui avons emprunté le portrait pour l'accrocher dans un coin de notre histoire des *Hôtelleries et des Cabarets* (1) ; hormis quelques esclaves thraces attardés, quelques Scythes, gardes des archontes ou portiers de l'aréopage, cuvant leur vin sur les lourds degrés du Pnyx ; hormis encore ces courtisanes des heures sombres, échappées des tapis francs de l'Agora et qu'on appelait *Torches* à cause du fanal, enseigne de leurs lupanars, on ne rencontrait personne dans les rues d'Athènes, sitôt que la nuit était venue. La remuante cité était réellement endormie et morte.

Les autres villes grecques n'avaient pas alors un sommeil moins silencieux et moins profond, tant que duraient les heures nocturnes, et ce fut longtemps aussi celui dont s'enveloppait Rome, cette cité qui devint si vite un monde (2).

On s'y levait avec l'aurore ; à midi, heure accablante, on retournait chez soi, on faisait une de ces longues *siestes* dont les Italiens d'aujourd'hui ont conservé la tradition de *farniente*, sans garder aussi bien celle du travail qui la précédait et qui l'autorisait ; ensuite, jusqu'au soir, on rentrait dans la vie active, puis, après la *cœna*, le repas vespéral, à moins qu'on ne fût un patricien assez riche pour prolonger l'orgie jusqu'au jour, on gagnait le *cubiculum* du gîte nuptial ou de la maison paternelle.

Cet usage de la *sieste*, au milieu du jour, était si universel que les heures qu'il était convenu de lui consacrer ne comptaient pas, n'existaient pas. On négligeait même de les marquer sur les cadrans solaires. Celui qu'on trouva à Herculanum en avril 1823, en fait foi. « Il est, lit-on dans la *Litterary Gazette* (3), qui dé-

---

(1) Tome I, chap. 2.
(2) Rome moderne fut longtemps rebelle à l'éclairage. Napoléon l'y établit, et, par haine pour lui, on l'abolit en 1814, c'est du moins ce qu'assurait alors la *Gazette d'Augsbourg*. Dusaulchoy, *Mosaïque historique*. Tom. I, page 66.
(3) Mai 1823, page 223.

crit ce monument, il est singulier d'observer que les deux heures du milieu ne sont pas marquées de numéros, et cela pour faire connaître que la chaleur de ce pays, pendant ces deux heures, était telle qu'elle rendait les anciens incapables de soigner leurs affaires ou de fréquenter les lieux publics. »

La nuit, la grande *clepsydre* du *Forum* devenait aussi inutile que le *cadran solaire* l'aurait été à midi. Ses heures de sinécure commençaient avec elle et se prolongeaient pendant toute sa durée, à moins qu'en des circonstances, qui toutefois ne se présentèrent qu'à partir des grandes fêtes de l'Epoque Impériale, à moins, dis-je, qu'on ne donnât des jeux à la fois diurnes et nocturnes. Les premières solennités de ce genre furent dues à une fantaisie de Caligula, et, quand il s'en avisa, il voulut que cette nouveauté fît révolution comme splendeur autant que comme étrangeté. Il fit illuminer la ville tout entière (1). Jamais, je le répète, chose pareille ne s'était vue. Pendant le règne de Tibère, époque où les spectacles commencèrent à se prolonger assez tard, c'est à peine si l'on s'était permis de se faire reconduire chez soi par des esclaves portant des torches (2). La licence de l'éclairage n'avait pas été poussée plus loin. L'époque de Duilius, alors que ce premier vainqueur des Carthaginois sur mer avait seul le droit de se faire précéder de flambeaux, la nuit, dans les rues de Rome, n'était guère dépassée; mais, après la tentative de Caligula, ce fut toute autre chose. La nuit, dès lors, appartint moins au repos et aux ombres qu'aux fêtes bruyantes et aux illuminations. Néron, mieux que Caligula encore, en eut la manie, à ce point que, par une belle nuit, pour éclairer plus splendidement la grande ville, il y fit mettre le feu.

Pour donner un prétexte à ses spectacles de nuit et à leur éclairage, il avait institué des fêtes particulières, ainsi les *quinquatries*, qui se donnaient en l'honneur de Minerve, et qui, en réalité, n'étaient qu'une occasion d'illuminations générales. Les vieux Romains, amis des ténèbres, se plaignaient de ces splendeurs inopportunes, allumées, murmuraient-ils, « afin qu'il ne restât aucun asile à la pudeur. » Mais d'autres, au nombre desquels nous avons été surpris de trouver Tacite, moins rigides et devinant mieux, à quinze siècles de distance, quels grands moyens de sécurité la police moderne trouverait dans l'éclairage, d'autres disaient hautement que « les feux dont resplendissait la ville étaient

(1) Suet. *Calig* , chap. 18.
(2) Dio. Lib. LVIII, cap. 19.

une garantie pour les mœurs (1). » Ainsi, voilà que par hasard, et lorsqu'il ne croyait servir qu'un de ses fastueux caprices, Néron faisait quelque chose qui devait profiter à la civilisation à venir.

Il fallut bien du temps pour que l'éclairage des villes cessât d'ê-tre comme ici un luxe accidentel et s'organisât sur un système régulier. Pendant de longues années encore on s'en tient aux illu-minations, que ramenaient certaines fêtes païennes, et après les-quelles Rome retombe dans ses ténèbres. Sous l'empereur Philip-pe, nous retrouvons ces splendides réjouissances nocturnes ; c'est à l'occasion des jeux séculaires qu'elles sont données. Les fêtes durent trois jours et trois nuits, et chaque fois le grand théâtre de Pompée, restant ouvert pour les représentations scéniques, s'illu-mine d'une multitude de torches et de lampes qui ne s'éteignent qu'au matin. Quelques-unes de ces lampes théâtrales, qui étaient d'une forme particulière, se trouvent figurées, selon M. Ch. Ma-gnin (2), dans les *Pitture antiche d'Ercolano.*

Quelques villes orientales de l'empire, pour lesquelles un plus splendide soleil semblait rendre moins utile l'éclairage des rues pendant la nuit, devancent Rome dans ce progrès. Antioche don-ne l'exemple. Lorsque l'inquiet Gallus, « tyran bas et cruel, dit M. de Châteaubriand, livré aux espions, espion lui-même, » fait sous quelque vil déguisement ses nocturnes promenades à tra-vers les rues d'Antioche, il est guidé et servi dans son espionnage par les mille lueurs qui illuminent la ville, et dont Ammien Mar-cellin, tout ébloui, n'a pas oublié de nous parler. Seulement il nous semble en exagérer un peu l'éclat lorsque, comparant leurs clartés à la lumière du soleil, il consacre à leur description cette phrase par trop pompeuse : *Pernoctantium luminum claritudo dierum solet imitari fulgorem* (3). » Un détail plus précis nous expliquant de quelle nature était cet éclairage eût mieux valu cent fois que cette phrase redondante. « Mais, dit encore M. de Châteaubriand (4), Ammien Marcellin, qui décrit minutieusement les machines de guerre, n'a pas cru devoir entrer dans le détail d'un usage journalier. » Un passage d'une lettre de saint Jérôme (5) pourvoit heureusement à la description que notre déclamateur a

---

(1) *Annal* , lib. xiv, ch. 21.
(2) *Rev. des Deux-Mondes*, 1ᵉʳ nov. 1840, pag. 445.
(3) Amm. Marcellin, lib. xiv, ch. 1. *Edit. de Gronovius*, Leyden 1693, in-fol. pag. 5.
(4) *Etude historique*, Paris, 1845, in-12, pag. 237.
(5) Epist. xiv.

dédaigné de faire, et c'est pour nous désenchanter un peu de ce que la phrase d'Ammien nous avait donné à penser sur le luxe de ce premier éclairage. Il paraît qu'il consistait tout simplement en grands feux de bois allumés dans les carrefours, sur les places, et à la lueur desquels les oisifs se rassemblaient et disputaient sur les affaires du moment (1).

Ainsi, bien qu'il y ait certainement progrès, nous ne sommes pas encore, du moins au point de vue de l'éclairage, bien loin des temps de Duilius et de sa torche privilégiée, et même de l'époque toute primitive, où, la nuit, on vaguait par les villes comme par les campagnes, en s'éclairant avec des bottes d'écorces d'arbres, avec des brins d'épine blanche, de genêt, de pin, de charme, de coudrier, usage barbare et dangereux, selon Varron (2) et Festus, car il arrivait souvent que, lorsque le jour venait à poindre, le voyageur jetant au loin dans les champs ou dans les bois sa torche encore enflammée, de terribles incendies se propageaient ainsi à travers les moissons et les forêts.

Toutefois, nous serions vraiment injuste envers l'industrie des anciens, si nous n'ajoutions pas que ce mode d'éclairage si dangereusement primitif, tout en se conservant dans les campagnes, s'était peu à peu perdu dans les villes. La lanterne l'avait remplacé. Si nous pouvions l'oublier, celle de Diogène, rappelée tout à l'heure, celle du Sosie de Plaute, si heureusement retrouvée par le Sosie de Molière, viendraient nous en faire souvenir, et au besoin nous aurions encore, pour nous remettre la chose en mémoire, tout un chapitre des *Deipnosophistes* d'Athénée. Le chapitre est long, et, bien que bourré d'une érudition glanée après boire, il pourrait sembler indigeste. Comme il faut pourtant que vous le connaissiez un peu, nous laisserons Dreux du Radier, l'humoristique auteur de l'*Essai sur les Lanternes* (3), vous en donner la fleur :

---

(1) Nous devons pourtant dire que, d'après un passage de Libanius (*in Ellebicum*, édit. 1627, in-fol., II, 387), il paraîtrait que cet éclairage public se composait de lampes suspendues à l'aide d'une corde. Quelques séditieux, selon ce rhéteur, coupèrent celle d'une lampe placée ainsi auprès d'une maison de bain. Mais, comme les *balnea* étaient des lieux de prostitution et que ceux-ci s'étaient toujours annoncés la nuit par un fallot au-dessus de la porte, peut-être ne faut-il voir ici qu'une lampe servant d'enseigne et non une lanterne publique. Cependant nous penchons pour la première opinion, et en cela nous pourrions nous faire fort d'un fait qui viendra plus loin quand nous parlerons de la part qui revient au christianisme dans l'établissement de l'éclairage public.

(2) *De re rusticâ.*

(3) *Essai historique, philosophique, politique, moral, littéraire et*

« Le Varron des Grecs, Athénée, dit-il, qui écrivait dans le second siècle, n'a pas fait difficulté de dire que l'usage des lanternes n'était pas fort ancien. Les savans qu'il introduit pour inter-
locuteurs dans ce fameux repas, où l'on assaisonne chaque plat
de tant de recherches et d'érudition, étant prêts à se séparer, demandent leurs flambeaux ou leurs lanternes. Cela occasionne une
discussion grammaticale et historique sur les lanternes. Après
avoir disserté sur les flambeaux, qui furent d'abord de bois de
chêne fendu en allumettes et trempés dans la poix résine ou dans
l'huile, on distingue deux sortes de lanternes postérieures à ces
flambeaux : lanternes au bout d'un bâton, qui est une espèce de
phare ou fanal portatif ; et lanternes de corne montées avec de la
baleine. Les Grecs appelaient φανος la première espèce de lanternes, d'où notre expression de falot ou de fanal.... »

Ici Du Radier ouvre une parenthèse dont nous éluderons les in-
sidieux crochets, puis, ressaisissant Athénée qu'il avait laissé là
pour suivre à la piste avec toutes sortes d'admiration les chiens
de boucher qui, de son temps, couraient encore les rues la nuit,
tenant dans la gueule un bâton terminé à chaque bout par une
lanterne, il continue : « La seconde espèce de lanternes propre-
ment dites sont les lanternes de corne. Pour en prouver l'usage,
il (Athénée) cite des vers de Théodoride de Syracuse *in centau-
ris*, et du poète *Alexis in Mydone*. J'aurais rapporté ici ces vers
grecs, mais une grande raison m'en a empêché, mon respect pour
le public. »

Nous ferons naturellement comme Dreux du Radier ; nous
prendrons même acte de sa discrétion prudente au sujet de ces
choses de l'antiquité, dont le rabâchage, qui est la plus facile des
éruditions, puisque c'est souvent de l'érudition toute faite, arrive vite à provoquer l'ennui. Nous viendrons sans autre re-
tard, sans autre transition, au moyen-âge, époque plus voisine,
mais bien moins connue pourtant. C'est que l'histoire, si vieille
déjà, a la vue presbyte, elle voit mieux de loin que de près ; et-
puis, autre raison tout-à-fait décisive de l'ignorance du commun
touchant ce temps plus rapproché, c'est qu'un Grævius, un Gronovius ou bien encore un Barthélemy et un Dezobry tardent toujours à venir pour l'élucider dans ses détails, pour en synthéti-

---

galant sur les lanternes, leur origine, leur forme, leur utilité, etc...
A Dôle, chez Lucoophile et comp.; in-12, 1755. — Cette facétie érudite a été republiée dans les *OEuvres badines* de Chevrier, Dreux du
Radier, Moncrif, etc. Paris, 1808, in-8°. tome 1, avec une pagination
à part. C'est cette édition que nous suivrons.

ser, pour en vulgariser l'érudition, et pour faire ainsi en quelques volumes la grande science des petits savans !

Si, pour tous ceux qui le visitent et s'y promènent, en chercheurs, le moyen âge est une époque de ténèbres, il le sera pour nous bien davantage encore. Dépisteurs de renseignemens et quêteurs de lumières, il nous faudra bien du temps avant de voir poindre à l'un ou à l'autre horizon la plus petite lueur. Cependant, pour nous égarer moins, nous avons circonscrit nos recherches, restreint nos battues dans un cercle historique, où l'écho d'ordinaire répond vite à la voix du chercheur. C'est dans le Paris du xive siècle que nous allons à la découverte ; mais c'est en pure perte que nous nous sommes si bien adressés. Pour ceux qui lui demandent la science, Paris est alors déjà la ville des lumières, mais pour nous qui regardons seulement dans ses rues et ses carrefours, sans rien chercher dans ses écoles, pour nous pauvre Christophe-Colomb des lanternes, c'est encore la cité des ombres.

Quand les cloches de Saint-Merry ou de Sainte-Opportune, ou bien celle de Sorbonne, *qui*, dit Villon,

>        Qui toujours à neuf heures sonne,

ont annoncé l'angelus du soir, et, des mêmes tintemens, donné le signal du couvre-feu ou *gare-fou*, tout à Paris rentre dans les ténèbres. Les boutiques se ferment (1), les lueurs disparaissent l'une après l'autre derrière les fenêtres au vitrage de plomb, depuis celle plus large et mieux ornée qui prend jour au dessus de l'auvent de la boutique, jusqu'à celle étroite et longue qui domine la noire façade et qui semble un œil de cyclope enchassé dans le haut pignon.

Si tout s'est éteint dans les logis, rien ne s'est allumé dans les rues. La grande ville, que des pavés absens, mal posés ou inégalement distribués rendaient pendant le jour un vrai cloaque à la boue gluante et infecte, devient dès lors un coupe-gorge immense. On y court le double péril de s'embourber ou d'être tué, et, souvent même, on ne s'échappe d'une fondrière que pour tomber aux mains de ces éternels bandits que pendant trois siècles encore nous retrouverons faisant la curée dans cette ombre, et qui, effarouchés, mais non pas chassés, par les lanternes d'abord, puis par les reverbères, et enfin par le gaz, exploitent encore effrontément leur industrie nocturne.

Mais, à l'époque dont nous parlons, les détrousseurs en sont

---

(1) D'après le *Livre vert* du Châtelet, cité par Sauval, au son de la cloche de Notre-Dame, annonçant le couvre-feu, tous les lieux de prostitution devaient être fermés.

bien souvent pour leur attente d'une proie, pour leurs longues heures d'aguets inutiles. Le cloaque s'est fait solitude, le coupe-gorge s'est fait désert. Personne ne s'y aventure.

Après que les petits marchands qui, à la nuitée, s'étaient mis à courir les rues, criant, ceux-ci leurs *oublis*, ceux-là la menue chandelle étagée par paquets sur leurs éventaires :

> *Chandoile* de coton, *chandoile*
> Qui plus ard cler que nule étoile

ont disparu, hâtant le pas au tintement lointain du *gare fou*, tout rentre dans la solitude et le silence, aussi bien que dans les ténèbres. La grande ville qui s'est endormie au dernier cri de l'*oblayer* (1) attardé, ne s'éveillera plus qu'à la voix glapissante du *brandevinier* qui, dès la pointe du jour, commencera sa tournée vers les halles et le Grand-Châtelet.

Par rares instans quelques bruits troubleront cette nuit muette, quelques clartés rapides traverseront ces ombres. Voici d'abord le clocheteur des trépassés, ce lugubre moine des pénitens, dont Saint-Amant (2) maudira encore, au dix-septième siècle, la robe

---

(1) Les *oblayers*, *oublieurs* ou marchands d'oublies coururent ainsi les rues, jusqu'aux premières années du dernier siècle. On lit dans la dernière scène du *Divorce* (1688) à propos d'une femme galante : « ce n'est point pour elle que le soleil éclaire : elle méprise cette clarté bourgeoise, elle ne sort de chez elle qu'avec les *oublieux* et n'y rentre qu'à la faveur des marchands d'eau-de-vie. » C'est vers 1720 qu'on interdit aux premiers leurs courses nocturnes. Les *Mélanges d'une grande bibliothèque* (tom. III, pag. 52) donnent ainsi la raison de cette défense. « Il était de mode, d'appeler, le soir, l'oublieur dans la plupart des maisons ; mais, vers le temps, où la bande de Cartouche commit de si nombreux désordres, quelques oublieurs furent assassinés. Les brigands prirent leurs déguisemens pour faire de mauvais coups ; et ces accidens déterminèrent la police à défendre rigoureusement aux oublieurs de courir la nuit. »
*V.* encore pour ce crieur de nuit, la 5ᵉ *sérée* de G. Bouchet, et le *Ducatiana*, t. I, p. 77.

(2) Dans sa pièce intitulée la *Nuit*, il dit :

> Le clocheteur des trespassés
> Sonnant de rue en rue
> De frayeur rend les cœurs glacés,
> Bien que le corps en sue ;
> Et mille chiens, oyant sa triste voix,
> Lui répondent à longs abois.
>
> Lugubre courrier du destin,
> Effroi des âmes lasches
> Qui si souvent, soir et matin,
> Et mesveille et me fasches,
> Va faire ailleurs, engeance du démon
> Ton vain et tragique sermon.

blanche toute parsemée de têtes de morts et d'ossemens en croix ;. la clochette au glas funèbre et la psalmodie lamentable :

> Réveillez-vous, gens qui dormez,
> Priez Dieu pour les trépassés.

Puis c'est la venue plus rassurante de M. le chevalier du guet et de ses archers au surcot bariolé. Ils marchent avec grand attirail de flambeaux et de hallebardes ; mais leur prudence inquiète et tâtonnante, à travers le boueux labyrinthe, ressemble presque à de la peur. Les bandits vont par si grande troupe, et messieurs du guet, embourbés dans ces fanges, seraient si mal à l'aise, pour être braves ! Ils font donc de leur mieux leur métier ; piaffent à grand bruit comme pour dire aux bons bourgeois : « Nous voici, soyez tranquilles ; » mais pourtant ils ne se cachent point qu'eux-mêmes ne le sont guère.

Gauthier Tallart, qui était chevalier du guet en 1418, y alla, non pas plus bravement, mais plus franchement au moins. Il s'y prit à peu près comme Sosie et tous les poltrons de son espèce, qui chantent pour ne pas avoir peur. Il grossit son escouade de « quatre ou cinq ménestriers jouant de haults instrumens, et qui marchaient en tête de la bande.» On ne fut pas dupe, dans la ville, de cette symphonie faisant rage sur le tard, on se mit à répéter partout que M. le chevalier du guet, avec sa musique sonnant haut et fort, semblait dire aux voleurs : « Allez-vous-en, j'arrive (1). »

Il fallut que le gardien de la sécurité urbaine rengainât sa symphonie attardée, et en même temps, si c'était possible, la peur dont elle était si bien l'accompagnement. C'était le seul bruit un peu gaillard qui eût traversé, depuis longues années, le silence des nuits parisiennes. — Avant cette échappée bruyante, on n'avait guère, en effet, pour les égayer, par intervalles, que les promenades vociférantes des écoliers et des enfans de chœur, le soir des grandes fêtes d'église, la nuit de Noël (2) et la nuit de la Chandeleur, dont le principal office s'appelait *Missa luminum* ;

---

(1) Sous Charles V, le service du chevalier du guet et de ses gens n'était pas des plus rudes, il s'achevait à l'heure où il eût dû commencer. On lit dans l'ordonnance de 1367, à propos des sergens du guet : « Et s'en iront faire leur devoir par la ville jusqu'à l'heure du couvre-feu Notre-Dame de Paris , à laquelle heure s'en retourneront audit Châtelet. »

(2) Dans les églises, à Noël, pendant la messe de minuit, le tumulte était effroyable. Les marchands y criaient tout haut les chandelles qu'ils voulaient vendre. Le Bœuf, *Histoire du dioc. de Paris.* (V. page 129.)

joignez à cela les clameurs qui s'élevaient des rues et des places, pendant la nuit de la Saint-Jean, dont cent mille brandons et le grand feu de joie de la Grève embrasaient les rapides ténèbres, comme pour unir dans une immense lueur le crépuscule de la veille avec l'aurore du lendemain ; n'oubliez pas les processions burlesques de la *fête des Fous*, parodies tumultueuses , mascarades aux flambeaux et aux chansons ; les aubades si matinales, que les convives des noces venaient donner aux époux en apportant à la mariée le *chaudeau* brûlant , fait de vin exquis, parfumé d'épices ; et vous connaîtrez à peu près tous les ébats, toutes les gaîtés nocturnes du vieux Paris. Vous aurez un côté riant et frais à opposer à l'aspect sinistre dont il n'aurait tenu qu'à nous de vous charger encore les couleurs. Il eût suffi de vous faire suivre, quelle que fût l'heure de la nuit, le prêtre de Notre-Dame, de Saint Gervais ou de Saint-Leu, s'en allant porter, à la lueur des flambeaux et sous le dais sombre, l'hostie et les consolations dernières à un mourant ; puis de vous faire entendre, se mêlant au bruit de la clochette qui annonce une mort pieuse, les cris et le cliquetis d'épées qui annoncent plus loin une mort violente ; la plainte étouffée de quelque malheureux frappé dans l'ombre ; le fracas d'une fenêtre qui s'ouvre et qui se referme après que le bruit d'un corps qui tombe est venu retentir au milieu de quelque flaque fangeuse ; ou bien encore, devers la porte de Nesle, la lourde chute d'une masse dans l'eau, car c'est là le petit séjour des *esbattements* clandestins ; c'est là que passe sa nuit

> ....Cette reine
> Qui commanda que Buridan
> Fût jeté dans un sac en Seine.

Les bourgeois connaissent tous ces méfaits, et chaque jour leur épouvante est plus grande. Comme ils savent qu'ils ne doivent compter ni sur la sollicitude royale, ni sur la vigilance du prévôt et des échevins, ils prennent eux-mêmes des mesures pour garder du danger, sinon la ville entière, au moins le quartier qu'ils habitent. Sitôt que le couvre-feu a sonné, ils tendent de chaînes l'entrée de leur rue (1). D'autres poussent plus loin la précaution poltronne, ce sont de fortes portes qu'ils font mettre à chaque extrémité et qu'ils ferment et cadenassent dès que la nuit commence

---

(1) On voyait encore au coin des rues quelques-unes de ces chaînes de sûreté, c'est le mot, en 1670. La ligue et ensuite la fronde avaient prouvé l'utilité de ce moyen de défense, excellent contre le roi, quand il ne l'était pas contre les voleurs. (V. *Traité de la police*, tome I, page 227.)

à tomber. Messieurs de la prévôté et de l'échevinage, qui se sont trouvés impuissans à provoquer ces prudentes mesures, les approuvent sitôt qu'elles sont prises, et alors ils se risquent même à statuer sur quelques autres de leur propre chef. Ainsi, quand les confrères de la Passion, au commencement du quinzième siècle, se sont mis à rendre leurs jeux publics, ils leur enjoignent, ainsi qu'aux autres baladins, bazochiens, joueurs de *sotties*, d'avoir à commencer leurs farces et spectacles à deux heures de l'après-midi, et à les clore vers quatre au plus tard, afin que tout le monde pût être rentré chez soi avant le crépuscule. Dès quatre heures du soir, en hiver, Paris devenait donc une ville dangereuse, les rues ne pouvaient plus en être fréquentées sans péril ! Plus d'un siècle et demi après, rien n'a changé encore, le danger est le même, et il faut prendre de nouvelles mesures.

En 1559, le président Minard fut tué retournant du palais « sur quoy, écrit Etienne Pasquier, en une note de son *Dialogue des advocats* (1), fut faite l'ordonnance appelée la *Minarde*, pour sortir du Palays à quatre heures du soir en hyver. »

Ces ordonnances, aussi bien celles des échevins, que celles du Parlement, ne sont malheureusement que des précautions négatives. Elles annoncent une grande peur du danger, voilà tout : je leur préfèrerais de beaucoup celles qui iraient au-devant et le défieraient en face. Mais rien de pareil ne se présente. Vous avez vu tout à l'heure ce qu'étaient les gens du guet et à quoi servait leur chevauchée par les rues ; les bons bourgeois, qui formaient le contingent de la garde assise instituée par une ordonnance du du 6 mars 1362 et dont les postes clair-semés se trouvaient au coin de quelques rues dangereuses, aux deux Châtelets, aux prisons et devant les reliques de la Sainte-Chapelle, étaient bien loin de se montrer plus braves. Le service gratuit trouve peu de héros, surtout quand le service salarié ne fait que des poltrons. Ces bonnes gens, grelottant de froid et de peur, se morfondaient toute la nuit à la lueur des chandelles fumeuses que leur délivraient MM. les échevins, puis, le matin venu, sans avoir rien vu, sans avoir surtout cherché à rien voir, ils rentraient chez eux plus morts que vifs.

Voilà donc quelle était toute la sûreté de la grande ville : des gardes poltronnes, prêtes à demander grâce aux voleurs, s'ils venaient à passer; des ordonnances non moins peureuses, ne statuant rien pour la sécurité commune et se contentant de dire :

---

(1) Edition donnée par M. Dupin, Paris, 1844, in-12, pag. 73.

« Rentrez vîte, le danger vient ! » Au milieu de tout cela, l'i-
dée si simple pourtant d'un éclairage un peu régulier et permanent, qui eût rassuré les bourgeois et effrayé les voleurs, ne venait à personne, ou bien, quand par hasard elle se faisait jour, ne
s'exécutait pas et était aussitôt oubliée.

Durant tout le moyen-âge , Paris ne connut de lanternes que
celles qui se portaient à la main et qui se fabriquaient chez les
*peigniers-tabletiers* (1), à cause de la tablette de corne ou d'ivoire
aminci qui y tenait lieu de vitre ; quant aux lanternes qui s'ap-
pendent dans les rues, à l'angle des carrefours, il ne les connais-
sait encore qu'en peintures. Les seules qui s'y voyaient alors, et
qui ont laissé leur nom aux rues de la *Lanterne* en la Cité, de la
*Lanterne-des-Arcis* et de la *Vieille-Lanterne* se trouvaient sur
des enseignes. La *Lanterne à la pierre au let* dont parle Villon
n'était pas elle-même autre chose. Aussi le narquois ne fesait-il que
se moquer, quand par une ironie à l'adresse de MM. de l'échevinage, enseignant aux bourgeois cette lanterne peinte, pour qu'ils
s'en éclairent, il a dit dans son *Grand Testament* :

> Et aux piétons qui vont daguet
> Testonnant, par ces establis
> Je leur laisse deux beaux rubis,
> La *lanterne à la pierre au let*.

Les seules clartés qui brillassent la nuit, dans le Paris du moyen-
âge, n'étaient dues ni aux soins des habitans ni à la sollicitude
des échevins , mais à la religion (2). En ceci , comme en mille
choses, elle avait préludé par une œuvre de piété à l'œuvre de la
civilisation ; elle avait prouvé , et toujours sans le faire trop paraître et en cachant même son but philantropique, sous la seule

(1) Réglement d'Est. Boileau, *Docum. inéd. de l'Histoire de France*
page 170.
(2) Dès les premiers siècles , et même alors d'une façon plus di-
recte encore, l'établissement d'un éclairage public avait été dans les
idées du christianisme. C'est à lui certainement qu'il faut renvoyer
le mérite de ce qu'Ammien, saint Jérôme et Libanius nous ont fait
voir à Antioche , en termes malheureusement trop peu précis. Ce
que nous savons des mesures prises par Euloge à Edesse , dans le
même but, et par bonheur plus formel, nous donne tout à fait raison. Vers l'an 505 , il ordonna d'allumer chaque nuit des lampes
dans les rues de la ville dont il était gouverneur, et, afin de pourvoir à l'entretien de cet éclairage, il se fit donner par les églises et
les monastères une partie de l'huile qu'ils recevaient comme dîme
de la piété des fidèles. (Assemani , *Biblioteca orientalis* , Romæ ,
1719, in-fol. 1, page 281.) L'exemple ne fut malheureusement pas
suivi, et le christianisme dut s'en tenir, pour l'éclairage des villes,
aux lanternes des confréries et à ces *ex voto* illuminés.

intention pieuse, qu'elle est, elle aussi, la mère du progrès, et que rien ne lui échappe de ce qui peut tendre au bien-être de l'homme.

La vraie piété, qui est toujours si ingénieuse dans ses bienfaits, qui ne sépare jamais de son culte pour Dieu la sollicitude pour l'humanité, avait deviné tout ce qu'il y avait de périls dans ces impénétrables ténèbres qui s'abaissaient chaque nuit sur Paris, et, autant qu'il était en elle, elle avait pris à tâche de les dissiper, tout en faisant tourner ce soin à quelque œuvre religieuse.

D'abord, sous prétexte que la haute tour perdue dans le bois voisin des Champeaux, et restée debout au milieu de ce même espace lorsqu'il fut devenu le terrain des halles, était consacrée à la Vierge, on avait mis à son sommet un fanal, qui brûlait toute la nuit et dont les lueurs prolongées sur ces cloaques semblaient celles d'un phare allumé sur les lagunes. Pour le passant qui saluait de loin, en se signant, cette lumière de la *Tour de Notre-Dame-des-Bois* (1), il n'y avait là qu'un simple *ex voto*, un hommage rendu à la Vierge ; mais pour qui sait aller au fond des fins cachées du christianisme, le but philanthropique, je le répète, doit apparaître, là, sous l'intention dévote.

Et, selon nous, il en était de même pour toutes ces madones que la religion ordonnait justement de placer à l'angle des carrefours, et au pied desquelles on allumait chaque soir une chandelle dans les quartiers pauvres, une lampe dans les rues plus riches ; de même encore pour ces *ex voto* expiatoires que le prêtre enjoignait au criminel repentant d'élever à l'endroit même de son crime. Il y en avait plusieurs dans Paris, celui, par exemple, du Suisse impie et iconoclaste dans la rue *aux Oues ;* puis dans cette partie de la *rue Vieille-du-Temple,* qui alors s'appelait *rue Barbette,* la lampe perpétuelle que Brulart, l'un des meurtriers du duc Louis d'Orléans, avait dédiée à la Vierge, sur le lieu même où la victime était tombée. — Sous François Iᵉʳ, l'œuvre du pieux repentir s'accomplissait encore, et ce quartier sombre lui devait sa seule clarté. Le roi débauché, dont les courses nocturnes s'accommodaient si bien des ténèbres, et qui à cause de cela, sans doute, ne faisait rien pour les dissiper, se trouva mal un soir du faible éclat jeté par la lampe de Brulart. Comme il se glissait de nuit, tout près de là, chez la femme de Féron, il fut trahi par cette clarté. Le mari l'aperçut, et l'on sait le reste.

Quelques confréries bien inspirées avaient apporté, celle-ci leur

---

(1) V. l'article que j'ai fait sur cette tour et sur la fontaine des Innocens qui a pris sa place. *Estafette,* 24 août 1852. V. aussi, de Caumont, *Cours d'antiquités monumentales,* tome VI, pag. 336.

chandelle votive, celle-là leur lampe patronale, pour accroître le modeste éclat de cette illumination dévote. C'était encore autant de pris sur l'obscurité. Certaines villes de province ne voyaient un peu clair la nuit que par ce côté. Ainsi, Bayeux, qui sauf quelques madones clairsemées, n'avait guère pour tout luminaire que la lampe d'huile allumée par la confrérie des bouchers.

« Item, disent les statuts de 1431, conservés manuscrits par M. Pluquet, iceulx échevins et francs bouchiers sont tenus à maintenir une lampe d'huile et à la faire ardre, chacune nuict, au portal de l'église Saint-Martin, dedans la cité de Bayeux. »

C'est sous cette lampe que les valets de la confrérie devaient venir se ranger, c'est à sa lueur qu'on devait les louer.

Tout ce que de telles clartés, que la dévotion propageait, avaient d'utile en ces temps de périls nocturnes, fut bien compris par l'un des utopistes les plus intelligens, et, sous sa forme burlesque, les plus pratiques du seizième siècle. L'auteur du *Didearchiæ Henrici regis christianissimi progymnasmata*, —livre singulier où, comme on le sait, toutes les spéculations du rêveur sont mises, formulées en arrêt, sur le compte du roi Henri II, — Raoul Spifame ne voulait pas d'autre éclairage que ce système, un peu étendu, de madones et d'*ex voto*, avec lampes ou chandelles ; et, rencontre singulière, c'est aussi ce que pensait et ce que mit à exécution la bonne reine Louise de Lorraine, à qui le Paris de la ligue dut un si grand nombre de madones illuminées. Peut-être avait-elle entendu dire par Jacques Amyot, précepteur de son mari, Henri III, que c'était à la lueur d'un de ces *ex voto* qu'il avait étudié pendant de nombreuses nuits, et peut-être qu'ainsi l'idée lui était venue de multiplier ces clartés utiles même à la science ; car, certainement, la pieuse princesse n'avait pas lu le Cent vingt-septième Arrêt du livre de Raoul Spifame. Voici ce qui y est dit :

« Et quand il sera commandé d'avoir chandelles, par les rues, comme on fait en hiver, en temps suspect de voleries, chacun allumera devant l'imaige de son patron ; et pour ce qu'il y aura toujour un chandelier perpétuel auprès de ladite imaige. »

Ce passage n'est pas seulement curieux pour ce que Spifame y propose, mais pour ce qui s'y trouve dit d'abord touchant les mesures que, sous Henri II, on s'était enfin décidé à prendre contre les périls de la nuit. C'est un progrès. — Depuis longtemps il était rêvé, projeté, plus d'une fois même on lui avait donné un commencement d'exécution, mais, presque aussitôt le grand danger disparu, on l'avait mis en oubli, comme si les périls moindres, qui étaient passés dans les habitudes de la grande ville, ne demandaient pas tant de précautions. C'est même à cause de ces continuels avortemens que nous avons négligé d'en parler jusqu'ici. Ce qui n'est pas durable est, pour nous, non avenu.

Sous Louis XI, toujours soucieux des intérêts de sa bonne ville, on s'était déjà ingénié de ces éclairages par accident. La première arnée de ce règne, quand avait éclaté la guerre du *bien public*, le prévôt, par ordre du roi, avait fait commandement aux Parisiens « d'avoir armures dans leurs maisons, de faire le guet dessus les murailles, de mettre flambeaux ardens et lanternes aux carrefours des rues et aux fenêtres des maisons (1). »

Les rues n'en devinrent pas plus sûres, et, même après l'affaire de Montlhéry, quand les soldats, rentrés dans la ville, y eurent multiplié les brigandages, au lieu d'en assurer la sûreté, force fut bien de ne pas s'en tenir là. Les notables marchands s'assemblèrent, et il fut décidé « qu'on ferait de nuit de grands feux aux carrefours, et que chacun dans son quartier ferait le guet en armes (2). »

Les guerres malheureuses du règne de François Ier peuplent Paris d'*aventuriers* sans solde dont se grossit la bande des *Mauvais Garçons.* — Dès 1524, ils sont maîtres de la ville, brûlant, pillant, massacrant partout. Le guet n'ose plus sortir, la garde assise, certaine d'être égorgée dans ses postes, refuse le service ; alors, à défaut du roi, qui se trouve au delà des monts, le parlement se décide à prendre des mesures.

« Et, lisons-nous dans un écrit du temps récemment publié (3), fut crié à son de trompe par les carrefours de Paris, le samedy quatriesme juing et le mardy septiesme du dict moys, par la cour du parlement, que chacun allast au guet de nuict et qu'on mit des chandelles allumées dedans les lanternes devant les huis de nuict, depuis neuf heures, et de l'eau dedans leurs vaisseaux devant leurs huys par jour. »

En 1526, c'est pis encore. Le roi est prisonnier à Madrid depuis bientôt un an, et la peur de le voir revenir avec ses gendarmes, pour les traquer dans leurs asiles des carrières Saint Jacques ou les forcer dans leur camp du Bourget, n'arrête plus les *Mauvais Garçons.* Ils pillent et tuent avec plus d'audace et plus d'impunité que jamais. On se contente de renouveler l'ordonnance de **1524** et de la faire de nouveau corner et placarder aux carrefours, sous la date du **16 novembre 1526.**

---

(1) Gilles Corrozet, *Antiq. de Paris*, page 224.

(2) *Ibid*, page 227.

(3) *Journal d'un Bourgeois de Paris* sous le règne de François Ier, publié par Lud. Lalanne, page 200.

3

Plus de vingt ans se passent, François Ier meurt, un nouveau règne commence et l'on n'entreprend rien de durable, pour remédier au mal qui se perpétue. En 1548 pourtant, le roi pense un instant à prendre à sa charge ce qui jusqu'à présent a été laissé au soin des bourgeois. On aurait ainsi non plus un éclairage éventuel et de fantaisie, mais régulier, permanent. C'est du moins ce que nous lisons dans un *manuscrit* du fonds Colbert (1) où il est dit, à la date du 14 novembre 1548, qu'on parle d'établir des lanternes « au lieu des flambeaux qui ne s'allumaient précédemment que dans les cas de nécessité. »

Il en fut de ce projet comme des autres, il ne tint pas. Aussi nulle part ailleurs, si ce n'est dans le livre de Dulaure (2), il n'en est plus parlé.

Dix ans après on y revient. C'est la chambre des vacations qui prend l'initiative par un réglement du 29 octobre 1558 :

« Et ordonne ladicte chambre... qu'il y aura au coin de chaque rue... un fallot ardent depuis les dix heures du soir jusqu'à quatre heures du matin, et où les dictes rues seront si longues que le dict fallot ne puisse esclairer d'un bout à l'autre, en sera mis ung au milieu des dictes rues ou plus selon la grandeur d'icelles » (3). Un mois après, le parlement s'est mêlé de l'affaire, et, comme il a fallu qu'il modifiât quelque chose, il a changé le mode du luminaire : au lieu de fallots remplis de poix résine, on aura des *lanternes ardentes et allumantes* (4).

Au moment où l'on peut croire tout bien entendu, et organisé, autre mécompte. Les lanternes ont été commandées chez les lanterniers, mais ce n'est pas aux dépens du roi, c'est aux frais du peuple que doit se payer l'ouvrage. Or, les temps sont rigoureux, et les lanterniers, qui se sont mis trop vite en besogne ne tardent pas à voir qu'ils en seront pour leurs lanternes, « tant par la nécessité du temps, que pauvreté des manans et habitans. » Le parlement qui, par trop de hâte, a commis la faute, cherche à la réparer. Que fait-il ? Il paie ! non pas ; il fait mettre en vente tout cet appareil devenu inutile. Le 21 février 1558, il ordonne que les matières desdites lanternes, potences pour icelles asseoir et pendre, et autres choses à ce nécessaires, qui n'ont été mises en

---

(1) N° 500 de la *Biblioth. imp*, n° 252, pag. 186.
(2) *Hist. de Paris*, iv, pag. 362.
(3) Registres du parlement, *à la date*.
(4) Félibien, *Preuves*, iv, 785.

œuvre, » seront livrées aux enchères publiques et que le prix en sera distribué aux pauvres ouvriers (1).

Je crois bien qu'il en fut, de tout le réglement de 1558, comme de l'établissement de ces pauvres lanternes, qui n'y était qu'un détail de sûreté. Le reste n'en dut pas mieux être suivi, par incurie d'abord, par crainte de toute complication policière, enfin par peur de la dépense. Or, ce réglement, par malheur, demandait, pour être bien exécuté, du soin et de l'argent.

Entre autres choses, il ordonnait que chaque maison n'eût plus qu'une porte sur la rue, et que les autres fussent strictement closes comme superflues et dangereuses, par l'accès qu'elles offraient aux voleurs. Si un logis restait inhabité, le propriétaire ou le locataire absent devaient y laisser un gardien.

A leur défaut, le prévôt en mettait un d'office, qu'ils devaient payer. Ce n'est pas tout, comme les *voleries* nocturnes devenaient plus que jamais fréquentes, il devait y avoir, dans toutes les rues, un homme du guet, fourni par chaque maison à son tour. La nuit venue, cet homme avait ordre de choisir pour poste le premier étage de la maison la plus propre à lui servir d'observatoire. Là, blotti, sans être vu, il écoutait et regardait. Au premier bruit inquiétant, au premier cri de détresse qu'il entendait dans la rue, il ouvrait la fenêtre, agitait la clochette dont il était toujours muni, et, de proche en proche, toutes les clochettes, dont les bourgeois de la rue devaient être armés, tintaient aussitôt pour lui répondre, et à ce signal chaque fenêtre devait s'éclairer, tout le monde sortir en armes.

Je doute encore une fois que cette police minutieuse fut jamais observée. Le réglement du 7 septembre 1578, qui en renouvela les prescriptions, ne m'en fait pas même augurer mieux.

Jusqu'à Louis XIV, pour l'éclairage et la sûreté de la ville, dans les saisons plus périlleuses des longues nuits, on dut s'en tenir, je crois, à la levée du *guet extraordinaire* créé par cette même ordonnance de 1578, et à l'établissement accidentel de lanternes que les corporations avaient charge d'entretenir de chandelles, chacune à son tour, à l'exception, depuis 1640, de la corporation des libraires, imprimeurs et relieurs, qui, par sentence du Châtelet en date du 23 octobre de cette année, fut déchargée de cette « commission..., avec défense aux commissaires de les y nommer à l'avenir ».

Cet éclairage sommaire, et entretenu sans doute en maugréant, n'avait pas laissé que d'effaroucher un peu les voleurs. L'auteur

(5) Id. p. 786.

de l'*Espadon satirique*, paru en 1626, mettant en scène, dans une de ses satyres, un *tirelaine*, pressé de voler un manteau, le fait reculer devant la lueur du lumignon communal (1). Il aurait eu moins de vergogne, avoue-t-il franchement :

Si l'on ne l'eût cogneu au brillant des lanternes.

Cependant ce n'était encore là que la pénombre, les ténèbres en réalité duraient encore. Il fallut Louis XIV et avec lui M. de la Reynie, pour dire tout à fait le *fiat lux*.

Les fêtes qui furent si nombreuses dans les premières années du grand règne et les illuminations qui étaient une de leurs principales splendeurs, commencèrent à dissiper les ombres. Les relations du temps ne tarissent pas en descriptions et en éloges sur ces grands éclairages de réjouissance. C'est comme en Italie, *à giorno*, on le disait déjà. Les grands seigneurs placent en dehors de leurs hôtels d'énormes flambeaux de cire blanche sur des candélabres de cuivre; les bourgeois et les marchands suspendent à leurs fenêtres des fallots de papiers de couleur, pareils à ces *lanternes vives* que Regnier décrit dans sa onzième satire, pour les avoir vues à l'huis des *paticiers* de son temps. Quelquefois les nobles ne dédaignent pas non plus ce genre d'illumination qui leur permet d'étaler leurs armoiries en transparent. Ecoutez ce que raconte le *cérémonial français* (2) des fêtes données à la naissance de Louis XIV : «Il n'y eust, dit-il, maison publique qui n'ornast ses murailles de chandelles. Les jésuites, outre près de mille flambeaux, dont ils tapissèrent leurs murs les 5 et 6, firent le 7 dudit mois un ingénieux feu d'artifice. »

Une autre relation ajoute : « Il est à noter que, par les rues par où le roi a passé, pour se rendre audit Hôtel-de-Ville, Il y avait des lanternes de diverses couleurs à chascune fenestre et boutique de toutes les maisons, suivant les mandemens envoyés par ladite ville, aux quarteniers à cette fin, comme aussi tout en était

(1) D'autres malheureusement étaient plus hardis, vers ce même temps. « On ne parle, lisons-nous dans les *Caquets de l'accouchée*, 2⁰ journée (1625), que de coupeurs de bourses, que de Grisons et Rougets, et c'est une chose estrange que les archers qui devraient empescher le désordre, au lieu d'y prendre garde, s'endorment et s'assoupissent sur la venaison. » Plus loin, même journée, il est encore parlé d'une infinité « de vagabonds et de coureurs de nuict qui pillent et destroussent mesme tous nos marchands ordinaires, et qui, pis est, ils empruntent le nom des escoliers, et font semblant d'estre de leurs caballes. »

(2) Tome XXII, page 214. — Plus tard, on y mit des devises. V. *Lettres d'une jeune veuve au chevalier de Luzeincourt*, 47⁰ Lettre.

plein audit Hôtel-de-Ville , tant dedans que dehors , ce qu'il faisait fort bon voir. » (1).

De Paris, ce genre d'illumination passa à Versailles, et de bourgeois qu'il était il y devint vraiment royal :

« Ces illuminations (de Versailles et de Trianon), dit le mar-
quis de Sourches (2), paroissaient plus qu'elles ne coûtoient, car
elles se faisoient ordinairement avec des terrines pleines de
graisse dans lesquelles on mettait un lumignon de mèche, et en
disposant un grand nombre de ces terrines en différentes figures
dans les endroits que l'on voulait illuminer. Quand on venait à
les allumer, elles faisoient le plus grand effet du monde. On faisoit encore des illuminations avec des lampes, comme celles de
Sceaux, et avec du papier frotté d'huile sur lequel il y avoit différentes figures, et derrière ces figures on mettait des terrines allumées, ce qui faisoit paroître ces figures toutes en feu et c'était la
plus belle et la plus magnifique manière d'illuminations. »

Les transparens de papier, qui jouent là un si brillant rôle dans
les illuminations des fêtes royales, sont les mêmes, nous l'avons dit
déjà, qui, réduits et plus grossiers, resplendissent alors à l'huis du
pâtissier, du tavernier, aussi du marchand d'huile, qui de tout temps
a pu rester ouvert pendant la nuit; les mêmes encore qui, prenant
des proportions moindres, deviennent l'humble lanterne portative
qui abrite la lueur flottante d'une chandelle des douze, et sans laquelle il n'est pas encore un bourgeois qui ose se risquer à la nuit
dans les rues de Paris. Ceux qui veulent économiser le prix, bien
minime pourtant, de ces *lanternes de poche*, dont quelques unes
existent encore, comme raretés, dans la boutique des brocan-
teurs, se contentent de rouler en large cornet la feuille d'un vieux
livre, et de placer au milieu, bien à l'abri du vent, la petite chandelle allumée.

A Londres, au 17ᵉ siècle, quelques anglicans maniaques ne se
font point de ce dernier usage une affaire d'économie, mais , se
fondant sur le verset 28 du psaume 18, ainsi traduit par Marot :

> Aussi, mon Dieu, ma lanterne allumas,
> Et éclairée en ténèbres tu m'as;

ils s'en font un point de religion, une affaire de secte :« Le très
respectable docteur Swift, écrit Dreux du Radier, m'apprend que
le chevalier Humphrey Edwin, lord-maire de Londres, s'était mis

---

(1) *Mémoires de Brienne*, tom. ɪ, pag. 243.
(2) Mémoires, tom. ɪ, pag. 227-228.

en tête de faire toutes les lanternes publiques et particulières, avec des feuilles de vieilles bibles de Genève. Telles étaient celles dont lui et toute sa famille se servaient. Il avait une aversion décidée pour toutes les lanternes, et regardait, comme hérétique, et avec autant de mépris qu'en ont les épiscopaux pour les presbytériens, quiconque négligeait de se pourvoir de lanternes, *ad instar* des siennes. Son respect pour ces saintes lanternes allait jusqu'au culte de *Latrie*. Il n'oublia rien, dit le docteur Swift, pendant qu'il fut lord-maire, pour introduire l'usage de ces lanternes, et cela sous prétexte d'accomplir à la lettre le texte de la vieille traduction de la Genèse: « *Ta parole est une lanterne à mes pieds.* »

Simon Morin, ce maniaque d'une autre sorte, et qui, si nous faisions ici une facétie, nous appartiendrait, rien que parce qu'il était de la secte des *Illuminés*, ne se fabriquait pas des lanternes avec des feuillets de vieille Bible, et il avait raison ; mais il prenait, pour cela, des pages de ses propres livres, et, comme ces livres là n'étaient pas bons à mettre, même en telle lumière, il avait tort, et il s'en trouva fort mal.

Voici l'histoire telle que nous la raconte l'abbé d'Artigny en ses *Mémoires* (1), après qu'il nous a longuement initié aux premières vicissitudes de la vie de Simon Morin ; à ses prédications dans l'arrière-boutique de la fruitière Jeanne Honatier ; à son emprisonnement de vingt-un mois à la Bastille; et enfin, après qu'il nous a dit de quelles nouvelles poursuites le menaçait le lieutenant de police, à l'instigation du curé de St-Germain-l'Auxerrois pour son livre des *Pensées* clandestinement imprimé en 1647: «Il avait changé de nom, dit l'abbé, et s'était retiré avec sa famille dans l'île Notre-Dame en une maison écartée où il prit toutes les précautions imaginables pour n'être point découvert. Ce fut apparemment en ce lieu qu'il composa sa requête au roi et à la reine régente, mère du roi. Cette pièce, imprimée en huit pages, est datée du 27 octobre 1647. Morin, après y avoir parlé de sa prison de la Bastille, demande au roi qu'on ne l'arrête pas davantage que sa majesté ne soit instruite par elle-même de ses sentimens.

« Le commissaire Picart, revenant un soir de chez un de ses amis où il avait soupé, accompagné de son clerc et de son laquais, rencontra un petit garçon qui portait une chandelle allumée, pour s'éclairer dans les rues. Elle était entourée de la première feuille du livre de Morin, qui servait de lanterne et qui était disposée de façon qu'on y lisait distinctement à la faveur de la lumière, qui

(1) T. III, pag. 253.

était dedans, *Pensées de Morin*. Cette rencontre excita la curiosité du commissaire qui savait qu'on cherchait partout Morin. Il aborda le petit garçon, et lui fit plusieurs questions auxquelles il répondit avec beaucoup de réserve et d'une manière embarrassée. Pour le faire expliquer plus clairement, Picart lui dit qu'il était intime ami de Morin, qu'il le cherchait pour lui apprendre une nouvelle de conséquense, qui lui ferait plaisir; mais qu'il fallait qu'il lui parlât sur le champ. Le petit garçon lui dit alors : « Monsieur, puisque vous êtes ami de M. Morin, je crois que vous ne voudriez pas nous tromper : je vous avouerai donc que je suis son fils. C'est pourquoi, si vous avez une si bonne nouvelle à lui dire, et que la chose soit pressée, vous n'avez qu'à venir avec moi ; je vous ferai parler à lui.

» Ils suivirent donc le petit, Morin, qui les conduisit à la porte de la maison. Le commissaire, après avoir donné ordre secrétement à son laquais d'aller chercher sa robe et d'amener avec lui le guet, entra avec son clerc chez Morin, qui fut surpris d'une telle visite. Le sieur Picart, afin de le rassurer et de gagner sa confiance, lui dit qu'ils étaient venus pour lui rendre leur hommage, en qualité de nouveau Messie, et recevoir ses instructions; qu'ils avaient exprès choisi ce temps pour pouvoir lui parler plus à loisir, et qu'il y avait plusieurs personnes de leur connaissance qui souhaitaient comme eux être ses disciples.

» C'était prendre Morin par son faible. Il fut encore plus flatté quand le commissaire lui parla de son livre des *Pensées*, comme d'un ouvrage dicté par le Saint-Esprit. Ainsi Morin ne mit point de peine à le satisfaire, quand il le pria de le lui faire voir. Croyant n'avoir rien à craindre d'un homme qui paraissait si prévenu en sa faveur, il lui montra confidemment tout ce qu'il y avait d'imprimé de son livre, en un gros paquet enveloppé d'une méchante toile, et caché dans un coin avec quantité de lettres qui lui avaient été écrites par différentes personnes.

» Le commissaire l'amusa de discours vagues jusqu'à ce que son laquais arrivât avec sa suite. Ce fut alors qu'il fallut lever le masque. A l'aspect de la robe que le sieur Picard endossa, Morin et sa femme, se voyant découverts, pâlirent d'effroi et entrèrent en fureur. Ils lui dirent tout ce que le désespoir peut suggérer de plus piquant. Le commissaire laissa passer le premier feu, saisit tous les exemplaires des *Pensées*, et Morin fut conduit pour la seconde fois à la Bastille. »

Apprécions un peu maintenant la moralité de l'histoire. Si en 1647, Paris eut été éclairé comme il convenait, Morin n'aurait pas mis aux mains de son petit garçon cette chandelle trop lumineuse, entortillée dans ce feuillet trop transparent ; le commis-

saire Picard n'aurait rien lu de la page *illuminée* ; et Simon Morin ne serait pas retourné à la Bastille maugréer entr'autres choses contre les commissaires qui ont de trop bons yeux et contre
les rues qui n'ont pas de lanternes.

Quand il devint libre, en 1649, rien n'était encore changé et il
n'avait qu'à bien prendre garde au choix du papier dont il se ferait désormais des fallots. On ne tarda pourtant pas trop à
prendre des mesures pour que ces luminaires improvisés devins-
sent moins nécessaires ; on s'occupa de régulariser définitivement
le système des lanternes publiques, mais d'abord, comme ache-
minement, on organisa le service des *porte-flambeaux* et des
*porte-lanternes.*

Le 26 août 1662, l'abbé Laudati, de la noble maison des Caraf-
fa d'Italie, obtint le privilége de cet établissement dont le bureau
*estably rue Saint-Honoré près les piliers des halles* commença à
*estre ouvert le quatorziesme octobre* 1662 (1).

Le service des nouveaux *lampadophores* se partageait en postes
distribués de trois cents pas en trois cents pas, équivalant à
cent toises, et où se tenait un porte lanterne prenant cinq sous
par quart d'heure, à ceux qui voulaient se faire éclairer dans
leurs carrosses, et trois sous aux piétons. « Et aux porte-lanternes, lit-on dans l'imprimé que nous venons de citer, sera fournie
une lanterne avec une lampe de laiton à six lumières, un sable
d'un quart d'heure, et une affiche de ferblanc où sera peinte une
lanterne, qu'ils attacheront eux-mêmes aux postes qui leur seront distribués, et ne payeront, pour ladite lanterne, sable et affiche, que six livres, etc. »

Cet établissement n'était bon et ne pouvait prospérer qu'autant
qu'on ne pourvoierait pas à régulariser l'éclairage. L'abbé Laudati
et ses *lampadaires* ne pouvaient vivre que de l'obscurité des rues;
du moment que la clarté commencerait à y poindre, c'en était fait
de leur industrie. C'est ce qui arriva, et plus tôt qu'on ne l'aurait
pu prévoir. Le privilége de l'abbé date, nous venons de le voir,
de 1662 ; l'établissement définitif des lanternes est de cinq ans
après, du mois de mars 1667 (2).

---

(1) Biblioth. de l'Arsenal, *Jurisprud.* n° 2830.

(2) Dans la *Gazette* rimée de Robinet, on lit, sous la date du 29
octobre 1667 :

> C'est que vrai, comme je le dy,
> Il fera, comme en plein midy,
> Clair la nuit, dedans chaque rue,
> De longue ou de courte étendue,
> Par le grand nombre des clartés
> Qu'il fait mettre de tous côtés
> En autant de belles lanternes.

Cette création fut le premier soin de M. de La Reynie, se mettant en possession de la charge toute nouvelle de lieutenant général de police.

Le grand roi fut si content de l'heureuse innovation de son
ministre, qu'il ne dédaigna pas de s'en faire honneur. Pour consacrer le service du sujet, le monarque fit frapper une médaille,
avec cette légende : *Securitas et nitor.* Un peu plus tard, une
peinture de Versailles dut aussi consacrer ce souvenir, aussi bien
que la réorganisation de la milice du guet (1). Sur un camaïeu de
la grande galerie des glaces, on avait représenté la Justice qui
ordonne aux soldats de veiller pendant la nuit à la sécurité des citoyens. Au bas est écrit : « *Sûreté de la ville de Paris*, 1669. »

Les nouvelles lanternes firent tout d'abord fortune. Les bourgeois s'en amusèrent beaucoup dans la nouveauté. Les premiers
soirs, sitôt que la sonnette du veilleur en avait donné le signal, ils
prenaient un badaud plaisir à voir lâcher la corde de la lourde
machine (2), puis à la regarder qui remontait, peu d'instans après,
tout éclairée d'une grosse chandelle, et faisant briller sur ses
parois l'image d'un coq, symbole de la vigilance.

Dans le monde des gens de cour, des lettrés et des *précieuses*,
on s'en amusait d'une autre manière. On faisait des vers sur la
nouvelle invention ; on la mettait en poêmes, en madrigaux, etc.,
et c'est, si je ne me trompe, à cause d'elle que M. de La Reynie
dut subir de la part de d'Assoucy le gros poême en forme de requête qu'il lui adressa. Je ne sais guère que l'abbé Terrasson,
parmi les gens de lettres, qui ait médit des lanternes ; il est vrai
que c'était en riant, et par trop d'amour pour l'étude. A l'entendre, la décadence des lettres datait de leur établissement : « Avant
cette époque, disait-il, chacun, dans la crainte d'être assassiné,
rentrait de bonne heure chez soi, ce qui tournait au profit du
travail. Maintenant, on reste dehors le soir et l'on ne travaille
plus. » C'est là certainement une vérité, dont l'invention du gaz
est loin d'avoir fait un mensonge.

L'enthousiasme des étrangers alla plus loin encore que celui
des gens de Paris, ce fut un extase auquel nous autres, blasés de

---

(1) On avait eu longtemps à se plaindre de son mauvais service.
On lit une lettre, à ce sujet, dans la *Correspondance administrative
de Louis XIV*, tome 22, page 605, et une autre sur la mauvaise police en général, ibid., page 691.

(2) Ces premières lanternes, de l'invention d'un sieur Hérault,
étaient à cul-de-lampe ; on les remplaça par d'autres appelées *à seau*,
en raison de leur forme oblongue. Ce sont celles que Lister décrira
tout à l'heure. Le Vieil, *Dict. des Origines*, tom. III, page 77.

l'éclairage presque solaire de nos rues, nous ne pouvons croire ou que nous sommes tentés de trouver ridicule.

Ecoutez, par exemple, l'auteur de la *Lettre italienne* sur Paris, insérée dans le *Saint-Evremoniana* (1).

« L'invention, dit-il, d'éclairer Paris, pendant la nuit, par une infinité de lumières, mérite que les peuples les plus éloignés viennent voir ce que les Grecs et les Romains n'ont jamais pensé pour la police de leurs Républiques. Les lumières enfermées dans des fanaux de verre suspendus en l'air et à une égale distance sont dans un ordre admirable, et éclairent toute la nuit. Ce spectacle est si beau et si bien entendu qu'Archimède même, s'il vivait encore, ne pourrait rien ajouter de plus agréable et de plus utile. »

Lister, dans la relation de son voyage fait en 1698, ne le cède pas pour l'admiration à l'enthousiaste Italien ; seulement il raisonne mieux la sienne ; il la justifie par des détails très précis et qui rendent même tout à fait curieux ce qu'il dit des fameuses lanternes : « Les rues, dit il, sont éclairées tout l'hiver et même en pleine lune ; tandis qu'à Londres (2) on a la stupide habitude de supprimer l'éclairage quinze jours par mois, comme si la lune était condamnée à éclairer notre capitale à travers les nuages qui la voilent (3). Les lanternes sont suspendues au milieu de la rue à une hauteur de vingt pieds et à vingt pas de distance l'une de l'autre. Le luminaire est enfermé dans une cage de verre de deux pieds de haut, couverte d'une plaque de fer ; et la corde qui les soutient, attachée à une barre de fer, glisse de sa poulie dans une coulisse scellée dans le mur. Ces lanternes ont des chandelles de quatre à la livre qui durent encore après minuit. Ce

---

(1) Pag. 415.

(2) Lady Montagu, dans sa lettre du 16 octobre 1717, avoue aussi que Paris est mieux éclairé que Londres.—V. sur l'éclairage de cette grande ville avant le dix-septième siècle, *Revue britann.*, août 1841, pag. 378.

(3) A la fin du dix-huitième siècle, c'est Londres qui a repris l'avantage. Mercier refait la comparaison, et elle est toute à l'honneur de la capitale britannique. Il se plaint des retranchemens du clair de lune : « On a, dit-il, calculé l'illumination de Paris, par minutes, au degré de la lune, et souvent la lune est obscurcie de nuages au point qu'il fait pleine nuit. N'importe, on n'éclaire point ; il a été décidé que le public devait y voir... On allume à minuit, quand il n'y a presque plus personne dans les rues. A Londres, on tombe dans un excès contraire, et, une bonne heure avant que le jour tombe, on voit des quartiers éclairés. Cette pompeuse prodigalité prouve la vigilance du service public. » *Tableau de Paris*, chap. 345e.

mode d'élairage coûte, dit-on, pour six mois seulement, 50,000 livres sterling (1,500,000 fr.). Le bris des lanternes publiques entraîne la peine des galères. J'ai su que trois jeunes gentilshommes, appartenant à de grandes familles, avaient été arrêtés pour ce délit et n'avaient pu être relâchés qu'après une détention de plusieurs mois, grâce aux protecteurs qu'ils avaient à la cour. »

Il n'y avait qu'un Anglais, voyageur à la minutieuse et infatigable curiosité, pour nous transmettre ces mille détails. Nous aurions feuilleté vainement, pour les trouver, tous les auteurs contemporains qui vivaient alors à Paris. En dehors de ce qu'il y a là de piquant et de nouveau comme description, un autre intérêt existe pour nous dans ce passage, c'est pour ce qu'y dit Lister de l'éclairage maintenu pendant tout l'hiver, même en temps de lune.

Nous savions bien que, restreint d'abord au trimestre, qui va de novembre à février (1), l'espace de temps pendant lequel les lanternes devaient être allumées s'était ensuite étendu, en vertu d'un arrêt du 23 mai 1671, et qu'il avait été statué qu'à l'avenir on éclairerait dès le 2ꝰ octobre jusqu'au 1ᵉʳ jour de mars (2) ; mais nous ne savions pas que les clairs de lune mêmes y fussent compris. Cela nous étonne d'autant plus que ce voyage de Lister, le second qu'il fit à Paris, est, comme nous l'avons vu, de 1698, c'est-à-dire de la seconde année de l'administration de M. d'Argenson comme lieutenant de police, et que l'un des griefs que l'on eut contre ce successeur de M. de la Reynie était justement le retranchement des lanternes dans les temps de lune. L'époque, où il se résolut à cette économie nous est ainsi du moins mieux précisée. Nous savons qu'elle n'eut pas lieu pendant les deux années qui suivirent son entrée en charge, soit qu'il trouvât le moment dangereux, les voleurs ayant recommencé à paraître en grand nombre dans Paris, comme on le voit par une phrase de Dangeau du 10 août 1696 (3), soit surtout qu'il ne voulût pas discréditer les premiers temps de son administration par une mesure impopulaire.

Celle-ci l'était, en effet, au dernier point ; on le fit bien voir à M. le lieutenant de police par les quolibets et chansons qui coururent dans le public, sitôt qu'il s'en fut avisé. On trouve dans

---

(1) Delamarre, *Traité de la Police*, tome ɪᴠ, page 230.
(2) Félibien, *Histoire de Paris*, tom. v. pag. 214.
(3) « On recommence, dit-il, a voler beaucoup dans Paris, on a été obligé de doubler le guet à pied et à cheval. » — En 1727, Paris n'était pas plus sûr. On peut voir dans le livre de Nemeitz, *Séjour de Paris*, etc, pages 118-120, des détails sur les dangers de cette ville la nuit, et sur l'heure de fermeture des lieux publics.

les *Mémoires* de M. de Maurepas, grand collecteur de ces sornettes, un couplet de ce genre, très ingénieusement graveleux, et que, par conséquent, nous ne pouvons reproduire. Nous citerons seulement ce qui se lit avant et après :

« L'expérience ayant fait connoître à M. D'Argenson qu'elles (les lanternes) étoient inutiles pendant le clair de lune, et qu'il falloit seulement y mettre des demi-chandelles pour durer jusqu'au temps qu'elle devoit paroître : il établit la chose sur ce pied, ce qui donna lieu à la chanson... » (Ici se trouve le couplet de six vers.)

« M. du Harlay, premier président, qui n'aimait pas ce magistrat, le fit mander, quelque temps après, pour répondre à la cour sur quelque exécution : quand il fut derrière le barreau, il lui dit, la cour vous a mandé M. Marc René, le Voyer de Paulmy d'Argenson, pour vous ordonner netteté, sûreté et clarté, et il le renvoya sans autre discours, on craignait le roi. »

C'était beaucoup de faire une économie sur les lanternes, ce fut mieux d'y trouver une occasion de bénéfices et d'impôt extraordinaire ; or, c'est ce qui arriva vers le même temps au profit du roi. Voici comment. La paix n'était pas faite encore ; les plénipotentiaires à Ryswick ne concluaient rien ; on ne savait s'il faudrait ou non continuer la guerre, et l'argent manquait. Une idée vint au roi, ou à quelqu'un de son conseil, qui ne s'est pas nommé. Les villes de provinces n'avaient pas encore de lanternes, et en demandaient. Pourquoi ne pas faire droit à ces demandes ! vite un bon édit qui les gratifie de l'éclairage, à leurs dépens bien entendu, puis, aussitôt après, vite une proposition faite de la part du roi qui leur offre de se racheter, sur le pied du denier vingt, de la taxe nécessaire pour l'entretien des lanternes, dont le roi, moyennant cette finance de rachat, voudra bien dès lors se charger seul. Le projet étant trouvé bon, il en fut ce qu'on avait pensé ; la proposition fut faite aux municipalités provinciales, et acceptée, avec génuflexions, comme tout ce qui venait du roi. (1).

L'édit parut avec ce beau préambule : « De tous les établisse-

_____

(1) Ce premier succès encouragea Louis XIV à lever sur les provinces une contribution de même sorte, à l'aide d'une création, complément de celle ci. « Le roi, dit Dangeau, 12 octobre 1699, a créé des lieutenans de police dans toutes les villes ; comme à Paris, les maires les achèteront et elles seront jointes à leurs charges. Et si quelques-uns de ces maires ne voulaient ou ne pouvaient pas les acheter, on les remboursera de l'argent qu'ils auront donné pour être maires, et il se trouvera assez d'acheteurs. Cet affaire vaudra au roi au moins 4,000,000 livres. » *Nouv. mémoires de Dangeau*, édit. Lemontey, in 8, pag. 121.

mens qui ont été faits dans la bonne ville de Paris, il n'y en a aucun dont l'utilité soit plus sensible et mieux reconnue que celui des lanternes qui éclairent toutes les rues, et, comme nous ne nous croyons pas moins obligés de pourvoir à la sûreté et à la commodité des autres villes de notre royaume, qu'à celle de la capitale, nous avons résolu d'y faire le même établissement, et de leur fournir le moyen de le fournir à perpétuité... » (1).

La chose ainsi formulée, la pilule ainsi dorée, restait le parlement, à qui il fallait la faire avaler. On y parvint. La scène est curieuse et très bien racontée dans les *Annales de la cour de Paris pour les années* 1697 *et* 1698 (2). C'est le récit que nous allons vous faire lire : « .... On voyait bien que ce n'était qu'une nouvelle invention qu'on trouvait pour avoir de l'argent, dont il était impossible que l'Etat se passât.

« M. de Caumartin, intendant des finances, ayant été chargé de porter cet édit à M. le premier président, afin de le communiquer au procureur général, et qu'ils le fissent vérifier, ce magistrat le lut devant lui d'un bout à l'autre avec le sang-froid qui lui est plus naturel qu'à personne du monde. M. de Caumartin crut, quand il en eut achevé la lecture, qu'il lui en alloit dire son sentiment, afin qu'il en pût rendre compte au ministre ; mais, ce magistrat demeurant encore quelque temps sans dire un seul mot, il tourna et retourna par plusieurs fois cet édit dans ses mains ; puis, rompant le silence, quand il fut las de le tourner ainsi et de le retourner : « Voilà un bel édit, monsieur, lui dit-il ; l'on obéira au roi,
» et vous en devez être persuadé, vous et les autres ; mais du
» moins, pour ma satisfaction particulière, ne pourrois-je point
» espérer que vous me fissiez l'honneur de me dire dans la tête
» de qui sont nées toutes ces lanternes ? »

» M. de Caumartin ne put s'empêcher de rire de cette expression, et, en ayant fait rire aussi ses amis, l'affaire passa au parlement, sans que personne eut la même curiosité qu'avait eue ce magistrat. » (3).

En province, où l'on était cependant plus intéressé encore à être curieux, on obéit avec la même discrétion. Il se trouva

---

(1) *Ancien. Lois franç.*, t. xx, page 295.

(2) Amsterd. P. Brunel, 1703, in-12, t. i, page 241.

(3) L'ordonnance citée tout à-l'heure, et qui est de juin 1697, s'explique ainsi sur l'établissement des lanternes en province : « Les intendans ordonneront aux maires et échevins desdites villes de s'assembler et de leur rapporter un état de la quantité des lanternes qu'il sera nécessaire d'établir. »

même des gens pour glorifier l'édit ; des poètes pour le chanter. La Monnoye qu'émerveillèrent les nouvelles lanternes fraîchement importées à Dijon et étincelant jusque dans les recoins de son cher et patoisant quartier de la *Roulotte*, se mit à remplir, en leur honneur, le sonnet en bouts rimés que voici, et qui témoignerait d'une bien vive admiration, si des bouts-rimés prouvaient quelque chose :

Des rives de Garonne aux rives du *Lignon*,
France, par ordre exprès que l'édit *articule*,
On construit des fallots, d'un usage *mignon*,
Où l'avide fermier peut bien ferrer la *mule*.

Partout dans les cités, j'en excepte *Avignon*
Où ne domine pas la royale *férule*,
Des verres lumineux, perchés en rang d'*oignon*,
Te remplacent le jour quand sa clarté *recule*.

Tout s'est exécuté sans bruit, sans *lanturlu* ;
O le charmant spectacle, on n'en a jamais *lu*
De plus beau dans Cyrus, Pharamond ou *Cassandre*.

On dirait que rangés en tilleuls, en *cyprès*,
Les astres ont chez toi, France, daigné *descendre*
Pour venir contempler tes beautés de plus *près*.

Jusque vers la fin de son administration, d'ailleurs si active, si infatigable, les lanternes, les améliorations qu'on pouvait apporter dans leur organisation, les économies qu'on pouvait réaliser sur la dépense, furent l'une des préoccupations de M. d'Argenson. En 1715, il faisait encore décréter, qu'à partir de cette année « il serait fait des baux aux rabais pour l'enlèvement et le nettoyage des boues, *fourniture de chandelles* et entretien des lanternes publiques, » dépenses qui devaient toutes être acquittées par le trésorier de la police, sur l'ordonnance du lieutenant.

En partant, M. d'Argenson emporta l'admiration un peu stupéfaite, il est vrai, et épouvantée de tout le monde, et, pour comble, les louanges rimées que Voltaire fit couronner à l'Académie sous le titre de la *Police sous Louis XIV*, poème. Nous n'en citerons que ces quatre vers réclamés par notre sujet :

L'astre du jour à peine a fini sa carrière,
De cent mille fanaux l'éclatante lumière (1)
Dans ce grand labyrinthe avec ordre me suit,
Et forme un jour de fête au milieu de la nuit.

---

(1) L'épithète *éclatante* est ici une licence poétique ; il y a hyperbole, comme dans tout ce que nous venons de lire de si admiratif sur les lanternes. Il faut le pardonner à l'effet que produit toujours une nouveauté. La vérité est que ces lanternes éclairaient fort mal. Nous lisons dans la *Correspondance secrète*, sous la date du 29 mars 1777 (tome IV, page 263) : « A Paris même, les lanternes, for-

En 1725, M. Réné Hérault, cinquième successeur du grand Marc-Réné, arrivait à la lieutenance générale de la police, et les lanternes, bien qu'elles n'eussent jamais été négligées, loin de là, ne tardaient pas à se ressentir de ce zèle particulier, de cette activité dans le progrès et dans les réformes, qui sont le premier élan de toute administration nouvelle. L'éclairage fut mieux réparti dans les rues, très nombreuses, qui en connaissaient déjà le bienfait, et, de plus, on l'établit dans celles plus rares, qu'on avait jusque-là laissées dans l'ombre. En 1729, grâce à ces augmentations successives, le nombre des lanternes. qui, du temps de M. de la Reynie, ne s'élevait guère, selon Dreux du Radier (1), qu'à 2,736, fut porté au chiffre énorme de 5,772.

M. Bertin de Belle-Isle qui, en 1757, prit la place de M. René Hérault, trouva moyen de renchérir encorer sur son œuvre. Il obtint entre autres choses, à l'avantage des lanternes, d'en établir de nouvelles, *nuitamment allumées*, dans les rues qui en manquaient encore. Il en plaça même au *Gros-Caillou*.

D'après ce qui a été dit tout à l'heure au sujet de M. René Hérault, et d'après ce qui est dit ici, il ne faudrait pourtant pas penser que l'éclairage de la ville eût d'abord été restreint, et qu'on l'eût circonscrit aux quartiers privilégiés. Quelques rues, il est vrai, par trop éloignées des centres, avaient été exceptées de la mesure bienfaisante ; mais la plupart toutefois, même entre les plus lointaines, y avaient eu part. Ainsi, dès le mois de décembre 1673, madame de Sévigné, s'étant amusée à faire une course après minuit au bout de la rue de Vaugirard, pouvait écrire en revenant, émerveillée de l'éclairage qui l'avait rassurée tout le long du chemin : « Nous trouvâmes plaisant d'aller ramener Mme Scarron, à minuit, au fin fond du faubourg Saint-Germain, fort au delà de Mme Lafayette, quasi auprès de Vaugirard, dans la campagne... Nous revînmes gaîment *à la faveur des lanternes* et dans la sûreté des voleurs. »

---

mées de petits vitraux, étaient construites de manière à ne laisser échapper que très peu de rayons de la faible et sombre lumière qui y étoit entretenue. Les jointures des vitres produisoient dans les rues ces ombres transversales, que M. Rondin, en revenant de souper en ville, prenoit pour des poutres, et qu'il franchissoit avec peine en sautant à chaque pas. » Jusqu'aux derniers temps, avant l'établissement des réverbères, leurs successeurs, les lanternes conservèrent cette forme, des *lettres patentes du 19 novembre 1770, relatives à l'homologation d'une délibération de la communauté de vitriers de Paris*, portent que les lanternes de Paris sont toutes « en petits carreaux assemblés avec du plomb. »

(1) *Loc. citat.*, page 53, *note*.

En 1705, aux Incurables, ces autres antipodes, même clarté, la nuit, que dans le centre de Paris. A entendre Chaulieu, c'est par là seulement qu'on peut s'y croire dans la ville. Il écrit de Fontenay à Mme de Lassay :

Loin de la foule et du bruit,
Je suis dans mon château, comme vous dans le vôtre :
Car on ne peut prendre pour autre
Que pour château, votre réduit ;
Et croiriez une baliverne,
Si sur la foi d'une lanterne
Qui par l'ordre d'Argenson luit,
Vous parliez qu'être aux Incurables,
Entre gens un peu raisonnables,
Ce soit demeurer à Paris.

Vous voyez après cela qu'en gagnant le *Gros-Caillou* , comme il a fait, en 1757, grâce à M. Bertin de Belle-Isle, l'éclairage va se trouver bientôt sans quartiers nouveaux où se répandre. Il ne lui reste plus guère que le rempart, qui commence à peine à s'appeler boulevard et qu'on est loin de considérer encore comme une rue. On ne pourvoit à son éclairage qu'en 1769. (1) Mais depuis longtemps déjà, comme les remparts sont des promenades, des lieux de réjouissance, on les comprend dans les illuminations exigées par les grandes fêtes publiques. Ainsi, lors du mariage du dauphin, on y fait l'épreuve assez triste d'un nouveau système d'éclairage (2) : « La grande allée du milieu, écrit Favart, était éclairée par des *rabicaux-réverbérés* de nouvelle invention : chaque réverbère était placé non au milieu, mais à l'extrémité d'une corde qui traversait l'allée ; de façon que la lumière, disposée en zig-zag, ne produisait pas un bon effet : un petit lampion à chaque arbre rendait cette illumination plus ridicule : il semblait de loin que c'était un grand convoi funèbre arrêté. »

Les *rabicaux-reverbérés*, dont Favart nous parle dédaigneusement, étaient de la création de M. Rabiqueau, l'un des plus actifs industriels de ce temps-là, et lui devaient leur nom (3). C'était l'un des nombreux essais d'invention entrés en lice à une

---

(1) V. *les Plaintes des filoux*, etc., *les Ambulants à la brune*, etc, imprimés plus loin.

(2) On en avait pourtant espéré beaucoup. « Quant à elle (l'illumination) des boulevards, lit-on dans les *Mémoires secrets*, 13 avril 1770, il paraît qu'on a changé la forme dont elle serait, et qu'on y a substitué 360 lanternes à réverbères qui donneront une clarté très brillante. »

(3) Il y avait plus de dix ans que M. Rabiqueau avait présenté les premiers essais à l'Académie des sciences, dont les *Mémoires* contiennent une notice à ce sujet, année 1759, p. 234.

époque qui doit marquer dans cette histoire, c'est-à-dire lors du concours ouvert en 1763, à l'Académie des sciences, sous le patronage de M. de Sartines le *citoyen zélé*, comme il se faisait simplement sinon modestement appeler, dont le but était d'arriver « à la meilleure manière d'éclairer une grande ville en embrassant autant que possible la sûreté, la durée et l'économie (1).» De toutes les étoiles à breveter qui se présentèrent pour obtenir la récompense de cent pistoles promises par le *citoyen zélé*, pas une n'avait été plus filante que celle du citoyen Rabiqueau, qui tâche en vain de se raviver ici, mais pas une en revanche n'avait brûlé d'un plus vif et plus triomphant éclat que celle de M. Bourgeois de Châteaublanc.

Vainement on reprochait à ces nouveaux réverbères, puisqu'il faut les appeler par leur nom, de faire souvenir un peu trop, comme forme et comme effet, de ceux que, dès 1745, l'abbé Matherot de Preigny avait construits (2), et qui, d'abord approuvés, autorisés par l'académie, puis enfin tombés dans l'oubli d'une boutique de brocanteur, selon Dreux du Radier, n'avaient emporté, pour souvenir de leur succès, que le poëme fait à leur louange par Valois d'Orville, et que nous insérons à la suite de cet *Essai* ; vainement opposait-on encore au réverbère de M. de Chateaublanc celui du sieur Bailly, un autre des concurrens. Après avoir mis quelque temps en balance les deux inventions rivales (3), c'est celle du premier qui finit par l'emporter.

Voici ce qu'on lit dans les *Mémoires secrets* du 25 juillet 1769, touchant le triomphe de M. de Châteaublanc, et les heureux effets qu'il eut pour sa fortune : « Toutes les affaires de ce pays-ci traînent en longueur, surtout quand il s'agit d'innover. Il y a quelque temps qu'on avait annoncé celle du sieur Bourgeois de Châteaublanc, pour l'illumination de Paris durant toute l'année comme prête à se consommer; la chose est enfin décidée, et, par

---

(1) *Mémoires secrets*, 6 septembre 1763.

(2) Bourgeois (de Châteaublanc) avait été pour quelque chose dans cette invention de l'abbé de Preigny, on l'apprend par une note du poëme de Valois d'Orville, que nous donnons plus loin. Il ne se découragea pas comme son associé, il attendit, et, pendant ces années d'attente, nous aimons du moins à le croire, il perfectionna son invention. Quand le moment fut venu, on le vit reparaître avec son réverbère ; mais il était seul cette fois. On avait oublié l'abbé, et Bourgeois ne fit rien pour qu'on s'en souvînt.—V. pour le premier essai de l'abbé de Preigny et de Bourgeois, *Mém. de l'Acad. des sciences*, 1744; pag. 62.

(3) *Loc. citat.*, pag. 56.

un arrêt du conseil rendu le 30 juin dernier, il est chargé de l'entreprise de toutes les lanternes pendant vingt ans, conjointement avec des autres associés. C'est une justice qu'on devait d'autant mieux rendre à ce bon citoyen qu'il est le véritable inventeur des lanternes à réverbère, que toutes celles dont on a fait des essais ne sont que des configurations différentes de son modèle, auquel on est obligé de revenir. Il est reconnu que ses lanternes éclairent parfaitement (1) avec le plus d'économie possible, et par une mécanique simple, qui fait infiniment d'honneur aux connaissances et aux talens de cet artiste. Son projet doit s'exécuter dès le 1ᵉʳ août. Tout Paris applaudit à la constance et au zèle avec lequel M. le lieutenant général de police a discuté la matière, et à l'intégrité qu'il a apportée dans le jugement. Cette amélioration du luminaire de la capitale fera époque dans l'administration de la police et distinguera à l'avenir celle de M. de Sartines. »

Les auteurs des *Mémoires secrets*, avec leurs louanges, dues en toute justice à l'invention, sinon à celui qui en endosse l'honneur, n'oublient que deux choses: Rappeler l'abbé de Preigny, et parler d'un pauvre diable d'inventeur dont il paraît que la découverte servit beaucoup au perfectionnement de celle de M. de Châteaublanc. C'était un ouvrier vitrier, nommé Goujon ; il obtint 200 livres pour toute récompense, tandis que M. de Châteaublanc était gratifié comme vous venez de le voir (2).

Après cette heureuse innovation fort habilement provoquée, il faut le dire, par M. de Sartines, il semble que ses successeurs ne doivent plus rien trouver à faire, quant à l'éclairage public. Ils s'évertuent si bien qu'ils glanent encore quelques petites améliorations après lui. M. Thiroux de Crosne, s'ingéniant ainsi, n'arriva, j'en conviens, qu'à une futilité administrative : l'établissement de la lanterne des commissaires de police, qu'on salua tout d'abord de cette épigramme :

> Le commissaire Baliverne,
> En dépit de qui chacun rit,
> N'a de brillant que sa lanterne,
> Et de terne que son esprit.

----

(1) On en trouve l'éloge dans la *Corresp. secrète*, 29 mars 1777; tom. IV, pag. 263 : « Ce sont, y est-il dit, de fortes lampes dont la lumière est multipliée et renvoyée au loin au moyen de miroirs de métal qui la réfléchissent. Les verres qui la transmettent sont larges, bien transparens et fréquemment nettoyé-. »

(2) Le nombre des réverbères, pour Paris, fut porté à 7,000. En 1809, il fut de 11,050 becs, et, en 1824, de 12,672, qui exigeaient une dépense de 146 francs 83 centimes.

Mais, M. Lenoir, en revanche, avait pris des mesures vraiment sérieuses (1). Il était arrivé par exemple à abolir ces fameux retranchemens de lumière, en temps de clair de lune, qui, depuis d'Argenson, s'étaient perpétués jusque là, et qui même, par suite de l'économie réalisée, formaient alors le fonds de certaines gratifications, appelées *pensions du clair de lune* (2).

Pendant près d'un siècle et demi, cette ridicule lésinerie avait été le but de toutes sortes de couplets et d'épigrammes dont il doit vous suffire de connaître déjà un échantillon : dernièrement encore dans une pièce des *Variétés amusantes*, intitulée l'*Anglais à Paris* (3), on avait fait dire en pleine scène à un cocher de fiacre furieux d'être à tâtons dans la rue : « Les reverbères comptaient sur la lune (4), la lune comptait sur les réverbères, et ce qu'il y a de plus clair c'est qu'on n'y voit goutte; » rien n'y avait fait, l'abus subsistait toujours, quand la résolution énergique de M. Lenoir vint enfin y mettre ordre.

Il en restait certes encore bien d'autres à détruire ; mais dans ce temps-là c'était beaucoup déjà de couper une tête de l'hydre,

---

(1) C'est lui qui fit établir des reverbères, sur toute la route, qui va de Paris à Versailles. Voici les vers qu'on fit à ce propos :

Sur le chemin qui conduit à la cour
On établit maint et maint réverbères,
De plus en plus, de jour en jour
Je vois avec plaisir que mon pays s'éclaire.
*Correspond. secrète,* 20 mars 1777, t. iv, p. 264.

(2) Ces pensions avaient pour fonds principal les économies faites sur l'éclairage du chemin de Paris a Versailles. « Le roi, dit Serieys, payait l'huile et les mèches des réverbères..... comme si toutes les nuits eussent été obscures, dans tout le courant de l'année, et cependant, lorsque la lune éclairait, on n'allumait point ces lanternes; alors c'était un grand bénéfice pour les entrepreneurs. Eh bien ! c'était sur ce bénéfice qu'était hypothéquée la pension du *clair de lune.* » *L'Ermite de la chaussée du Maine,* page 160. Les plaisans disaient que ces pensions-là se payaient naturellement par *quartiers.*

(3) L'auteur du fameux rondeau d'une *Nuit de la garde nationale,* — c'est, dit-on, Casimir Delavigne et non M. Scribe qui seul pourtant a signé la pièce, — s'est souvenu de ce trait :

Au bal
Court un original
Qui d'un faux pas fatal
Redoutant l'infortune,
Marche d'un air contraint,
S'éclabousse et se plaint,
D'un réverbère éteint
Qui comptait sur la lune.

(4) *Corresp. secrète,* tome xiv, p.

et l'on ne pouvait humainement demander plus d'un effort de ce genre à un lieutenant de police.

Le principal, d'ailleurs, le plus criant de tous les abus était du fait du gouvernement lui-même, qui, avec une ladrerie révoltante, après avoir exigé que les reverbères fussent établis par une cotisation de bourgeois, avait encore obligé les propriétaires à pourvoir à leur entretien, ainsi qu'au rachat des boues, à l'aide d'une surtaxe considérable payée tous les vingt ans. Joignez à cela que le soin d'apprêter les réverbères, de les alimenter de cette infecte huile de tripes qu'on fabriquait exprès à l'île des Cygnes (1); puis, de les descendre à la nuit, de les allumer et les remonter ensuite, était encore confié à ces pauvres bourgeois ! C'était une charge, dont les libraires et les imprimeurs avaient continué d'être exemptés (2), et qui, perfectionnée, enjolivée d'assez fétides détails, comme vous voyez, était restée, aux autres marchands et artisans, de l'ancienne mode des lanternes. Alors, en se gaussant d'eux, on appelait le maître, *M. le lanternier*, le commis, *M. le sous-lanternier* (3), etc. Mais l'un et l'autre, j'en suis sûr, las des malpropretés du nouveau système, auraient bien voulu en être encore au temps où leur besogne ne consistait qu'à allumer une chandelle, dussent-ils s'entendre encore chanter aux oreilles le refrain goguenard :

> Abaissez la lanterne
> Monsieur le lanternier
> Celui qui la gouverne,
> Il a grand mal au pied,

---

(1) Mercier, *Tableau de Paris*, t. I, p. 212.

(2) Une sentence du 14 août 1714, déchargea nommément Pierre Prault, libraire de la commission, d'allumer les chandelles « dans les lanternes publiques. »

(3) L'édit de juin 1697, pour l'établissement des lanternes en province, parle ainsi des fonctions bourgeoises : « Les maires et échevins nommeront annuellement, ainsi qu'il se pratique en la ville de Paris, le nombre d'habitans qu'ils trouveront convenables pour allumer les lanternes, chacun dans son quartier, aux heures réglées, et un commis surnuméraire dans chaque quartier pour avertir de l'heure. » Comme cette heure variait suivant les saisons, les journaux du temps, entre autres le *Journal de Paris*, l'indiquait en tête de ses colonnes. Plis s'en moque dans la chanson qu'il fit contre cette feuille :

> Ils devroient bien, ces journalistes,
> Disoient les quinze-vingts tout tristes,
> Oter, pour nous faire la cour,
> Deux articles peu nécessaires,
> Celui des époques du jour
> Avec celui de *Réverbères*.

Et celui qui l'allume
Il a gagné un rhume
A force de crier :
Abaissez la lanterne,
Monsieur le lanternier.

Il y avait bien, puisque nous parlons de réformes, plus d'une amélioration à apporter encore dans la distribution de l'éclairage, surtout une clarté plus grande à obtenir, de telle sorte que les piétons pussent aller dans les rues, tout à fait sans lanterne (1), et les équipages tout-à-fait sans flambeaux , dussent en mourir de regret (2) les vieilles marquises à qui l'étiquette en permettait deux. Mais pour cela il nous faut arriver à l'invention du gaz, l'astre rayonnant des villes modernes, il nous faut franchir cette grande époque de la révolution, au seuil de laquelle nous avons promis de nous arrêter (3), car au-dessus de ce seuil , devers la place de Grève, nous avons vu une lanterne qui n'est plus du domaine de cette histoire-ci , moitié plaisante , moitié érudite. Cette lanterne à double face, dont le côté sombre regarde l'autre siècle, dont le côté qui luit rayonne sur le nôtre ; c'est celle dont Camille Des- moulins sera le procureur général !

---

(1) Tout le monde avait encore gardé ses lanternes de poche. C'é- tait un présent qu'on se faisait entre amoureux, en dépit de l'aveu- gle amour. L'Eglé de l'épigrammatiste Guichard lui envoya ainsi une lanterne, accompagnée des premiers vers qu'elle eût faits :

Amant chéri, dont l'humeur me gouverne
Et dont l'amour m'est bien prouvé,
Il faut, en donnant sa lanterne,
Dire pourquoi : c'est que l'homme est trouvé.

A quoi Guichard répondit :

Il n'est point d'obstacle à tes vœux,
Du premier pas tu cours dans la carrière :
Mais ton présent est-il si généreux ?
Tu donnes la lanterne et gardes la lumière.

(2) Mme de Genlis, *Dict. des Etiquettes*, t. I, p. 226.
(3) En 1789 même, le bail de l'éclairage avait dû être renouvelé. Après d'assez vives contestations au sein du conseil, il avait été maintenu au sieur Saugrait, précédent concessionnaire.

**PARIS.**

IMPRIMERIE FRANÇAISE ET ESPAGNOLE DE DUBUISSON ET C$^{ie}$,
Rue Coq-Héron, 5,

# LES
# NOUVELLES LANTERNES

### POÈME

PAR

## M. DE VALOIS D'ORVILLE.

## A PARIS,

Chez CH. J.-B. DELESPINE, Imp. Lib. ord. du Roi,
Rue S. Jacques, à la Victoire, et au Palmier.

### M. DCC. XLVI.

LES

# NOUVELLES LANTERNES

**POÈME.**

---

A M, L'ABBÉ DE PREIGNEY.

Sur son char entouré d'une vive lumi.re,
Par ses rayons naissans Phœbus chassait la nuit.
Quoi ! dit-elle, déjà je finis ma carrière ?
Quel ennemi sans cesse me poursuit !
Toujours marcher et changer d'hémisphère !
Ne pourrai-je jamais sur un même réduit,
Pour mon repos devenir sédentaire ?
Et ne plus voir cet astre qui me nuit,
De qui l'aspect excite ma colère ?
Phœbus l'entend, la regarde : elle fuit.
Le soleil triomphant sur la nature luit.
Mais tandis qu'il échauffe et ranime la terre,
Et la fait refleurir par l'éclat d'un beau jour;
  La Nuit, pour pouvoir à son tour
  Lui déclarer une nouvelle guerre,

Du céleste lambris s'empare doucement.
  Bientôt l'astre qui nous éclaire,
  La voit paraître en pâlissant.
  Déjà son empire s'étend ;
Ses ombres, au soleil, affreuses, incommodes,
Semblent ternir l'éclat de ce flambeau brillant.
Elle approche, il s'éloigne ; et dans le même instant
Il est contraint d'aller régner aux Antipodes,
Irrité de se voir poursuivi, combattu,
D'essuyer chaque jour un si cruel outrage ;
Triompher le matin, le soir être vaincu.
« Ah ! c'en est trop, dit-il, Jupiter, tout m'engage
A recourir à toi, dans ce pressant danger.
Arbitre des Destins, tu me vois outrager ;
  Je t'invoque, prends ma défense,
  De la Nuit daigne me venger.
Fais cesser nos combats, et punis qui m'offense,
Calme-toi, lui répond des Dieux le souverain,
 Pour tes bienfaits plein de reconnaissance,
  Le terrestre séjour, soudain
  Va se charger de ta vengeance.
Le règne de la Nuit désormais va finir.
Des mortels (1) renommés par leur sage industrie,
 De leurs climats sont prêts à la bannir :
  Vois les effets de leur génie.
Pour placer la lumière en un corps transparent,
Avec un verre épais une lampe (2) est formée.
Dans son centre une mèche avec art enfermée
  Frappe un réverbère éclatant,
  Qui, d'abord la réfléchissant,
Porte contre la Nuit sa splendeur enflammée.
  Globes brillants, astres nouveaux,
Que tout Paris admire au milieu des ténèbres (3) ;
  Dissipez leurs horreurs funèbres
  Par la clarté de vos flambeaux.
  Déjà pour lever tous obstacles,
Du monarque François on implore l'appui,
Nous ne favorisons les humains que par lui ;

---

(1) MM. de Preigney et Bourgeois, auteurs des nouvelles lanternes.
(2) Description des nouvelles lanternes.
(3) Les lanternes qui sont au Louvre.

Des Dieux les rois sont les oracles,
    Pour ne rien hazarder, enfin,
Il charge de Thémis les ministres fidèles (1),
    D'examiner les machines nouvelles.
    Quel avantage on leur trouve soudain !
Chacun y reconnaît l'utilité publique.
On raisonne, on combine, on juge, on applaudit.
En leur faveur, tout haut, l'Intégrité s'explique,
    Au mécanisme tout souscrit,
    Jusqu'au sénat académique.
Es-tu content, Phœbus ? que la Nuit désormais
    Veuille étendre ses voiles sombres,
Son empire est détruit, ces lumineux objets
Seront à l'avenir les vainqueurs de ses ombres,
Ce n'est pas tout encor : Sur ces heureux progrès
J'entends, continua le maître du tonnerre,
    Des reproches qui me sont faits,
    Quelques Dieux en sont en colère.
Mercure en qualité de patron des voleurs,
    Voit leur défaite sur la terre.
A mes sujets, dit-il, chacun fera la guerre,
Ils n'inspireront plus de mortelles frayeurs.
    Animé par la vigilance,
Le soir et le matin, en tout lieu transporté,
On verra l'homme aller sans défiance,
    Dans ses regards sera sa sûreté.
Lorsque les yeux possèdent la clarté,
    Le corps jouit de sa défense.
    Vénus vient se plaindre à son tour
Que cet événement est nuisible à l'Amour.
Qu'allez-vous devenir, hypocrites femelles ?
Modestes au logis, au-dehors infidèles,
Dont les airs ingénus font l'erreur des époux,
    Pour de nocturnes rendez-vous,
    Qui de l'Amour prenez les ailes,
    Et revenez à petit bruit.
L'ombre ne va donc plus favoriser ces belles,
Vertueuses le jour, et profanes la nuit ?
Rassurez-vous aussi, galant, dont les richesses
Font l'amour des objets, dont vous êtes flatté.

---

(1) Le Privilége enregistré au Parlement, le 28 de décembre 1745.

Une favorable clarté
Vous montrera de vos Lucrèces
Jusqu'où va l'infidélité ;
Et que l'on est de leurs caresses
Victimes plus souvent que de leur cruauté.
Tes ingénieuses lumières,
Abbé, vont désormais rassurer les esprits,
Elles serviront dans Paris
D'armes, de gardes, de barrières.
Déjà nos citoyens sincères
De tes heureux travaux ont admiré le prix.
A l'exemple des Dieux les hommes éternisent
Ceux qui sont, comme toi, dignes d'être connus.
Ils diffèrent pourtant, selon leurs attributs.
Les Dieux et les mortels ensemble immortalisent ;
Les hommes, tes talents, et les Dieux tes vertus.

# PLAINTE DES FILOUX

### ET

## ÉCUMEURS DE BOURSE

## A NOSSEIGNEURS LES REVERBÈRES.

---

*Dolus an virtus, etc.* VIRGILE, Ænéide.

---

## A LONDRES,

---

M. DCC. LXIX.

# PLAINTES DES FILOUX

## ET

# ÉCUMEURS DE BOURSE

A NOSSEIGNEURS LES REVERBÉRES.

A vos genoux, puissant Mercure,
Tombent vos clients les filous.
Vous, leur patron, souffrirez-vous
Qu'à leur trafic on fasse injure;
Qu'on éclaire leur moindre allure :
Enfin qu'un mécanicien,
Au détriment de notre bien,
Ait fait hisser ces reverbères,
Qui n'illuminent que trop bien
L'étranger et le citoyen;
De la police, les cerbères,
Qui ne nous permettent plus rien ?
Grâce à ces limpides lumières,
Qui rendent les âmes si fières,
D'écumer il n'est plus moyen,
Ni la bourse du mauvais riche,
A pied qui revient de souper
Où de bons mots il fut plus chiche
Que de manger bien et lamper;
Ni les poches d'une marchande,
Allant le soir à petit bruit,
Trouver dans un simple réduit
Son grand cousin qui la demande :

Le gousset garni d'un plaideur,
Descendu nuitamment du coche,
Courant porter au procureur
Ce qu'un écumeur lui décroche;
La valise d'un bon fermier,
Non celui qui dans un jour gagne
Dix mille écus sur son pallier
Et qu'un grand cortége accompagne
( Ne serait-il que financier ),
Mais un fermier, loyal rentier,
D'un bon seigneur qui l'indemnise,
S'il a souffert du vent de bize,
A son maître qu'il vient payer
De sa ferme quelque quartier
Qu'un de tes sujets dévalise.
Seigneur Mercure, le métier
Se faisoit si bien sans lanternes
Pour notre profit toujours ternes t
D'entre nous, le moindre écolier
Presto savoit s'approprier
Bourse, montre, autres balivernes,
Du cou détacher le collier....
Plus.... ah! maudit *Reverberier*,

Aujourd'hui c'est toi qui nous bernes.
Il faut que tu sois grand sorcier...
Hier, nous le disions encore,
Tous chacun assemblés en corps :
Notre trompette Désaccords,
Parla point du tout en pécore.
« Monsieur, dit-il au général,
Et vous, Monsieur le capitaine,
Aides-de-camp et caporal,
Qui courez tous la prétentaine,
Sans apporter remède au mal
Que nous cause un public fanal,
Disons fanaux, car par centaine
Chaque quartier a ses fanaux,
Des plus beaux lustres, fiers rivaux,
Dont la clarté met à la gêne
Nos mains et nos fûtés ciseaux.
Et encore sans y comprendre
La troupe hurlante des falots,
Messieurs, voulez-vous bien m'entendre ? »
Lors le général se leva
Du bruyant trompette acheva
La harangue sonore et tendre :
« *Mes enfants, je devai m'attendre*
*Aux astres artificieux ;*
Luminaires ingénieux,
Qu'un magistrat à fait suspendre,
Aux gallants pour donner des yeux,
Dans ces détours fallacieux
Qui nous aidoient à les surprendre.
Dans un songe aussi peu plaisant
Que 'est le songe d'un poëte,
Qui croit son drame suffisant
De lauriers pour ceindre sa tête,
Quand du drame on est refusant
Chez le public qui n'est pas bête ;
Dans mon songe, aussi malhonnête
Que celui d'un petit fringant,
Chez Plutus jouant l'intriguant,
Et de Vulcain portant l'aigrette ;
Mais qui voit son fatal croupier
Lui soustraire le bon denier,
Et vouloir danser à la fête.....
Dans un noir songe je songeois ;
« Car tout est songe dans la vie. »
Je voyois un gros de bourgeois,
L'œil stupéfait, l'âme ravie,
A l'entour du magicien
Le brillant méchanicien,
Qui substituoit aux chandelles
Lampes aussi claires que belles,
J'admirai son ouvrage aussi
( Le beau, le vrai, chacun l'admire ),
Quoique tous ces changements-ci
Ou là, valussent ma satire,

Tout au moins pouvois-je en médire,
Marchand qui perdra ne rira ;
Et qui, plus qu'un filou perdra
Dans cet océan de lumière ?
Qui jouera de la gibecière ?
Autant vaudroit à l'Opéra,
Quand du jour le père suprême
Et de Phaëton le papa,
Son fou de fils émancipa
Sous son lumineux diadême,
Aller sur le théâtre même.
Tout rayonnant de sa splendeur
Filouter Phœbus sur son trône...
Et détacher en écumeur,
Les diamants de sa couronne.
— Mais enfants, quel affreux malheur !
Mon général qu'allons nous faire,
Dit le capitaine *Ecureuil*,
Les réverbères sont l'*écueil*
De toute affaire salutaire ;
Des lampes pour notre cercueil...
— Qu'entendez-vous par reverbères,
Repartit un aide-de-camp ?
Moi, je m'appelle *Ventre-à-terre*,
Jamais l'on ne me voit que quand
J'ai défait double jarretière
De deux boucles à diamants,
Double soulier pareillement...
Moi Lézard, votre anssepesade,
Gascon, sans faussé gasconnade
Qui mé glisse aussi doucément
Dans la noce à l'enterrement,
Que dans la chambre d'un malade,
A l'inventaire mêmement...
Nous tous enfin du régiment
Quelles vont être nos ressources?
C'est pourtant un état charmant
Que celui d'écumeurs de bourses...
Les procureurs les vuideront
Dans leur étude, à la buvette ;
Pour s'excuser, ils nous diront
Qu'ils sont sujets à la paulette ;
Les Cresus, qu'ils ont fait leurs fonds,
Quand leur fortune est déjà faite.
Les *mineurs* sont coulés à fonds
Et les sapeurs ont leur retraite.
*Général ;* eh bien ! mes amis.
Pourquoi vous avons-nous admis
Au grade de chef de l'armée
Des braves filoux de Paris,
Des écumeurs du plat pays,
Si vantés par la Renommée?
La Renommée... ah ! mes chers fils,
N'est pour nous ceinture dorée ;
Et sous les yeux du magistrat

Qui prétend que de chaque état
La conduite soit éclairée,
La nôtre, qui perd à l'éclat,
Sera trop bien *reverbérée*.
Allez, vous parlez comme un fat,
Comme un général en peinture...
N'est-il pas vrai, divin Mercure ?...
Par votre grace, pourriez-vous
Eriger ce corps en filoux ?
La communauté seroit pleine
Bien plus de sages que de foux,
Si vous faisiez régner sur nous
De jurés par sext-soixantaine,
De payer nous serions jalous
Tous les droits, même ceux d'aubaine ;
Mais aussi, quand il seroit bon
Que nous manœuvrions en plaine,
Nous aurions le vol du chapon...
Dans notre corps, on peut admettre
D'un mineur l'avide tuteur,
Du bien pupillaire trop maître...
D'un testament l'exécuteur,
Qui se fait l'usurier prêteur
Du légataire qui s'obère
En damnant fort le testateur,
De l'honneur c'est à ce fauteur
Que Thémis doit son reverbère...
Fraternisons l'escroc auteur
Dont la mémoire, avec la plume,
*L'ancien* et le *moderne* écume
Sans pudeur, même avec hauteur,
De ses vers boursoufle un volume,
Dont il est seul l'admirateur.
Avant qu'il se confraternise,
Mercure, qu'un frère fouetteur
En classe le reverbérise...
Et le frippier et le tailleur,
Et le gourmand, bedeau d'église,
De brioches fier tirailleur,
Rognant les chanteaux à sa guise ;
Ces filoux obscurs et rusés,
Qu'ils soient fort reverbérisés...
Mais que le soit bien mieux encore
L'aveugle époux qui ne voit pas
Que madame prend ses ducats,
Les prodigue à l'abbé *Phosphore*,
Au militaire *Mandragore*,
Au sec poète *Métaphore*,
C'est pour elle un grand embarras.
Mais l'abbé parle *météore*
Et le militaire *combats*,
Le poète chante les plats,
En *trio* Minerve on adore,
Si sa minerve ne voit point
Qu'elle est filoutée en tout point,

Il faut qu'on la *reminervise*.
Autant dire *reverbérise*.
Qu'en pensez-vous, fils de Maïa,
Discret patron des sycophantes,
De *pandeloques*, de *toquantes*,
Vos suppôts sont-ils à quia ?
Quelque grand génie alchymiste,
(En Allemagne il en est tant,
Suivant la nature à la piste,
Et ses secrets lui filoutant ! )
A nous, leurs ignares confrères,
Ces savants voudraient-ils fournir
Une poudre propre à ternir
La glace de ces reverbères ?
Pour qu'on puisse aller et venir
Comme on allait à l'ordinaire,
Quand mainte lanterne peu claire
Aux fins nous laissait parvenir ?
Il est force poudres chymiques,
Que privilégiés filoux,
Autrement dit des empyriques,
Vendent à des sots ou des foux.
Ici, des poudres balsamiques,
Des béchiques, des stomachiques,
Là, (ce qui nous plaît encor mieux)
De la poudre à jeter aux yeux.
Poudre oratoire ou prosaïque,
Poudre à grimoire ou poétique ;
Surtout la poudre académique,
Dont le tourbillon porte aux cieux
Un lettré filou radieux,
Qui *pince* la palme olympique
Mieux que nous un mouchoir ou deux,
Quand le ciel n'est pas nébuleux,
Seroit-il poudre assez magique
Un *arcane* assez merveilleux ?
(Arcane est un terme alchymique,
C'est presque le secret des Dieux. )
Les filoux sont mystérieux,
C'est ainsi qu'*arcane* on explique
Par le secret qu'ils ont entr'eux.
S'il étoit un secret heureux
De rendre moins *reverbérique*
Le reverbère lumineux ;
On se remettroit en pratique ;
Alors on ne craindroit pas tant
La garde ni son commandant,
Qui la dirige, qui l'éclaire,
Et dont l'œil actif et perçant
Est notre vivant reverbère...
Eh bien ! mes petits compagnons,
Avec nos poings sur les roignons,
Dit leur général, vieux satrape,
Enfin leur *Rominagrobis*,
Au zèle de qui rien n'échappe,

7

Encor l'œil clair comme un rubis...
Dans cette extrême conjoncture,
Que vous a répondu Mercure ?
Rien... Rien ?... J'en aurais bien juré.
Voulez-vous d'un œil assuré
Aller braver ces luminaires,
Ou les ternir à votre gré ?
Vous n'entendez pas les affaires,
Quand ces flambeaux vous terniriez,
Même quand vous les souffleriez,
Il est un astre aux bons propice,
Son feu redoutable aux méchants
Brûle, consume l'injustice.
Les Dieux de la Seine, en leurs chants,
Célèbrent sa douce influence,
Ses rayons vifs et pénétrants
Au lieu le plus impénétrable,
Où tout homme obscure est coupable,
S'il abuse de ses talents
Pour troubler un ordre admirable
Que ce soleil vivifiant,
Ce Mécène disert, affable,
En ces lieux rend invariable,
Par son esprit ferme et liant.
Jaloux de fixer l'harmonie,
Objet de ses soins généreux,
Dans la Capitale embellie
Par ses suivants, les Ris, les Jeux,
Gens de meilleure compagnie
Que nous autres; malencontreux,
Dont il prend certains tours heureux
Pour mauvaise plaisanterie
Qu'il punit d'un air sérieux....
Le Dieu de la filouterie;
Mercure enfin, notre patron,
Direz-vous, creva sans façon
Cent yeux qui gardoient vache *pie*.
Pour la fable le tour est bon,
Il vous siéroit bien, je parie,
Que par son magique bâton
La reverbérique magie,
Mieux éclairante que bougie,
Du haut en bas fit le plongeon.
Je conviens que le caducée
Est quelquefois d'un grand secours;
Quand la vertu fait la rusée,
Plus encor le sont les amours.
Mais ici c'est une autre histoire :
Les reverbères brillent trop :
Le caducée et son grimoire,
Pas plus que nos termes d'*argot*
N'ont point l'art de faire capot
Le bâton à *pomme d'ivoire*.
Amis, si vous ne voulez pas
Avouer l'urgence du cas,

Attendez le mois de septembre,
Chaque rue alors paroîtra
Un dortoir, que de chambre en chambre
Le reverbère éclairera.
En vain le filou filera
Dans la plus étroite ruelle
Le reverbère en sentinelle
Avec le guet spéculera ;
De Paris la garde fidèle
Les écumeurs écumera ,
Les filoux enfiler fera
Dans quelque obscure citadelle,
Où le géôlier enjolera,
Peut-être même empaillera
Notre filoutante sequelle,
Notre écumante kirielle ;
Quand Mercure on invoquera,
Mercure aîlé battra de l'aile ;
Encagés il nous laissera,
Entre guichet on nous lira
Une sentence par trop belle
Qui nos affaires gâtera,
Et qui tout droit nous mènera
Au pont qui mène à la Tournelle....
Dites donc comme on s'y prendra,
Général, avec vos emblêmes ?
— Eh ! messieurs, dites-le vous-mêmes,
La crise est forte.... un médecin,
Avec son grec et son latin,
N'a jamais rendu plus *crisantes*
Ses victimes agonisantes ;
L'embarras d'un abbé musqué,
D'un gros prieuré débusqué
Par son confrère charitable,
Au nôtre n'est pas comparable.
Maudit reverbère embusqué
Pour qu'un filou soit démasqué,
Pour nous faire donner au diable !
S'écria d'un ton effroyable
Le consistoire souterrain,
Filou, méchant comme un lutin,
*Ecumeur*, écumant de rage,
Puisse en septembre un gros orage,
(Mais qu'il respecte le raisin)
Grêle et carreaux lancer soudain
Sur ton fragile échafaudage
De cristaux , voulant maîtriser,
Qui pis est, reverbériser
Notre ambulant aréopage,
Qui de prime abord sait juger
Des facultés d'un personnage,
Et mieux que les frais s'adjuger....
O Nuit, déesse du mystère,
Ton devoir est de nous venger,
Comme ces nymphes de Cythère,

Qui, sans doute, vont arranger
Leur plaidoyer en langue amère
Contre l'adverse reverbère,
Nuisible aux jeux mystérieux.
C'est à toi de te plaindre aux Dieux
Que dans ton empire domine
Maint astre postiche, odieux
Aux gens de Mercure et Cyprine

Reverbères audacieux,
Dont tu réclames la ruine,....
Messieurs, voilà parler au mieux ;
Si comme vous le ciel opine,
(Dit le général soucieux),
Mais un seul point qui me chagrine,
C'est qu'on ne peut tromper des yeux
Que Thémis sans cesse illumine.

LES

# AMBULANTES

## A LA BRUNE

# CONTRE LA DURETÉ DU TEMPS.

*Auri*
*Sacra fames, quæ non mortalia pectora cogis !* HOR

A LA CHINE.
1769.

=====

# LES SULTANES NOCTURNES ET AMBULANTES

## CONTRE

# NOSSEIGNEURS LES REVERBÈRES [1].

*Et noctium phantasmata, etc., etc.*

A LA PETITE VERTU.
1769.

=====

## SUPPLIQUE.

[Tout est donc mort présentement,
Le temps seul est dur, misérable ;
Chacun se plaint à tout moment
Que quelque sort fatal l'accable,
Que rien ne vit, que tout est bas,
Que le Commerce ne va pas.

[1] Cette brochure n'est qu'une seconde édition de l'autre, réduite ici, augmentée là. Nous donnons les variantes. Les crochets indiquent les passages des *Ambulantes* qui sont suprimés dans les *Sultanes*.

Aussi trop de monde s'en mêle,
Tout est aujourd'hui pêle-mêle,
Et l'on ne trouve à chaque pas
Que des compères et commères,
Qui vous offrent tout leur vaillant
Pour petite somme d'argent :
Tel est, hélas ! de nos misères
Et de l'extrême discrédit
De notre état qui s'avilit,
La source et la cause premières.

O tems heureux ! où nos consœurs
En petit nombre et très-chéries,
Pour éviter les tricheries,
Portoient la couronne de fleurs :
D'un chacun recevant l'hommage,
L'or, l'argent pleuvoit à foison
Dans leur galant aréopage;
On les voyoit sur le bon ton
Faire chez soi grand étalage;
Quand elles quittoient la maison,
Rouler dans un bel équipage;
La plupart s'amassant un fond,
Lorsqu'elles arrivoient sur l'âge,
Pouvoient remercier Cupidon,
Et vivre à l'abri de l'orage
Et des revers de la saison :
Siècle d'or, te reverra-t-on ?

Ah ! quelle énorme différence.
De nos sultanes d'aujourd'hui,
A ces nymphes du temps jadi !
Hélas ! tout autre en est la chance !
Outre qu'en ce siècle maudit
Et si funeste à notre engeance,
Qui tombe petit à petit,
De la plus cruelle indigence
Nous ne sommes pas à l'abri ;
C'est que dans tout l'on nous tracasse,
Et que tout semble s'être uni
Pour nous donner partout la chasse.

Quelle maudite invention
Entre autres que le Reverbère !
Ah ! cette illumination
Met le comble à notre misère ;
Hélas ! en nous ôtant le soir
Qui faisoit seul tout notre espoir,
Ces impertinentes lumières
Renvoyent l'amour aux gouttières ;
L'état ne va plus rien valoir.

Compâtissante Cythérée,
Reine de l'Empire amoureux,
Sois sensible aux cris douloureux
D'une troupe désespérée,
Qu'on cherche à bannir de ces lieux

Où ta présence est adorée ;
Mère du plus charmant des dieux,
De ta cour ce sont les suivantes,
Humaines (1) et bonnes vivantes,
En simple jupe, en falbala,
A la grecque, (2) com'ci, com'ça ;
Dans le crépuscule ambulantes,
Dans l'exercice jamais lentes,
On nous connoît sur ce ton-là :
Cependant, humaine déesse,
Malgré nos preuves de soupplesse,
De bon ordre dans le devoir,
On soupçonne notre finesse,
Et l'on éclaire notre adresse
(3) Quand le ciel est drapé de noir ;
[Tous les soirs dès que le jour besse (sic) ]
Dans la nuit même, pour nous voir
Exercer notre ministère,
Qui n'est pourtant pas un mystère ;
Par certain magique pouvoir,
On a placé le Reverbère,
Qui défend de dire bonsoir ; (4)
La lanterne était si commode !
Le vent l'éteignoit, la cassoit,
*Incognito* l'amour passoit ;
[Mais depuis la maudite mode
Du reverbère radieux,
C'en est fait de nous en ces lieux ;
Plus de démarches clandestines :
Adieu, messieurs les langoureux,
Plus d'attaques à la sourdine,
Nous voyons trop notre ruine
A travers ce corps lumineux ;
Le Guet nous voit et nous chagrine,
Encore s'il était amoureux !
On badineroit la machine
Qui jette partout flamme et feux ;
Mais pouvons-nous conter sur eux ?

Bien plus, nouvelle faribole !
On veut, dans ce siècle frivole.
Et pour nous de si dur aloi,
Eplucher jusqu'à la parole :]
Vénus, dans ton aimable code,
Défends-tu, par aucune loi,

---

(1) Var. rieuses.

(2) Var. ou moins que cela.

(3)      Le ciel fut-il drapé de noir,
      On soupçonne encor notre adresse.

(4) A la suite de ces vers :
      Ces impertinentes lumières
      Renvoyent l'amour aux gouttières,
      L'état ne va plus rien valoir.

Ces mots : « *petit cœur, petit roi ?* »
Qui sont des termes de l'école : (1)
Quoi ! ce que chante à l'Opéra
La princesse de *la mi la*, (2)
Avec les deux poings sur les hanches,
Est-il plus chaste que cela ?
Oh ! mais c'est qu'elle est sur les planches (3).

[Enfin qu'imagine-t-on pas
Pour réduire aux abois, hélas !
Toute une troupe qui, sans nuire,
Ne cherche que moyen de rire?

Souveraine des rois, des dieux,
Protége tes humbles vassales
Dans ce désastre périlleux ;
Tu défends si bien nos rivales,
Ces fausses prudes aux doux yeux,
Jouant en public les vestales,
Mais en secret à d'autres jeux,
S'abandonnant à qui mieux mieux :
Ne sommes-nous pas leurs égales ?
Sois donc aussi propice aux vœux
De tes ambulantes bergères,
Qui descendent de leur boudoir
Fort assidument chaque soir,
Pour venir, comme des commères,
Ecouler avec des amants

(1)    Le reverbère veut ma foi
Eclairer jusqu'à la parole,
Et ce que chante à l'Opéra,

(2)    Avec sa robe des dimanches,

(3)    Chanter autrement on fera,
Quand sur le pavé l'on verra
Une Hebé, les poings sur les hanches,
Ou qu'en quête on la trouvera,
Le reverbère parlera,
Fatal amour ! pardon, Cyprine,
Nous voyons trop notre ruine
A travers ce corps lumineux :
La garde en rit et nous badine ;
Si le Guet était amoureux,
On badineroit la machine
Qui jette partout flamme et feux,
Bien moins que la chaleur divine,
Echauffant la terre et les cieux ;
Souveraine des rois, des dieux,
Protége tes humbles vassales,
Malgré notre état périlleux,
Sans cesse il nous vient des rivales,
Nous avons aussi nos égales
En mille endroits délicieux ;
En public jouant les vestales,
Mais en secret à d'autres jeux
Qu'amour de son brandon éclaire,
Bien autrement qu'un reverbère.
Tandis que d'un bourgeois obscure,
Une *demoiselle du monde*,
(Le terme n'est pas assez dur.
Pour qu'une béate le fronde)
Descend pour saisir des moments.

De doux et lucratifs moments]
Faits, pour ces ardeurs passagères,
Qui coûtent peu de sentiments,
Et souvent n'en sont pas moins chères. (1)

[Mais hélas ! ô sort malheureux !
Malgré nos désirs généreux,
Pour nous, trop implacable mère,
C'est merveille quand ton grand cœur,
Si propice dans tout malheur,
Nous retire de la misère ;
Tu nous laisses à l'abandon
Comme bâtardes de Cythère.

Oui, nous ne le voyons que trop,
C'est que l'Amour qui nous gouverne
N'est qu'un petit Dieu subalterne,
Un enfant sortant du maillot,
Que la plupart du monde berne ;
Timide et toujours au galop,
S'il nous mène en bonne fortune,
Ce n'est jamais que sur la brune ;
Comme le plus mince sujet,
Il craint le moindre clair de lune, ]
Il n'entend, ne voit que le guet,
Soit l'équestre, soit le pedestre ;
C'est un Amour colifichet, (2)
Dont le grand cœur est bien terrestre.

Mais vive ton céleste aîné !
Ah ! que ce bel enfant est leste !
C'est un petit déterminé,

(1)    La pauvre amante au lieu d'amants,
Ne trouve que des reverbères,
Dans cette brillante cité,
Autrefois ton second Cythère,
Tes nymphes mettent pied à terre ;
Tendre mère de volupté,
On les veut forcer aujourd'hui
De s'accroupir dans un étui,
Autrement fiacre octogénaire,
Qui par B , par F., les conduit
Où les fiacres n'ont rien à faire....
Miséricorde, quand la nuit
Permet de quitter le réduit ;
Car la vie est si nécessaire :
Pas un coin, pas un carrefour,
Où le reverbère ne perce ;
C'est un verre ardent qui traverse
Tous nos desseins formés au jour...
Qu'est-ce qu'un amour subalterne,
Qui conduit *Margot sur la brune*,
Sur l'air : *En attendant fortune*,
Et qui ne sauroit l'arracher
D'entre les bras d'un fier archer,
Sorcier qui n'en manque pas une ?
Cet amour, fringante Cypris,
Assurément n'est pas ton fils,
S'il nous mène en bonne fortune...

(2)    C'est un amour de cabinet,
Dont la terreur est bien terrestre.

8

A l'attaque et défense preste,
Tout un régiment il verroit (1)
Pour espionner sa conduite,
Cent commissaires à sa suite, (2)
Garde ou *Pousse* le poursuivroit,
Son chemin toujours il iroit ;
A l'Opéra descendu, vite
Dans les coulisses il diroit.
A plus d'une, *bonsoir, petite.*
Pour notre patron son cadet,
Ce n'est ma foi qu'un marmouset,
[Qui ne fait rien qu'en cache–mite ; (3)
Plus on sait que c'est un coquet,
Que l'argent seul conduit au gîte :
Ah ! c'est fait de nous à la suite,
D'un protecteur si freluquet,
Si ton bras ne nous sauve vite.]

    Or, déesse, il est un secret
Pour sauver moitié de la troupe ; (4)
Vois-tu ces remparts séducteurs
Où mille plaisirs sont par groupe,
Formés par des arts enchanteurs ? (5)
Ce lieu nous paroit favorable,
Et très propre à nous relever ;
Vénus, daigne nous y placer :
Notre engeance toujours aimable,
Rendra ce lieu plus agréable.

    L'on y voit déjà de nos sœurs.

---

(1)      Cent reverbères il verroit,
(2)      On devroit bien dire en visite.
(3)      Il ne fait rien qu'en chate-mite
         Le reverbérique reflet,
         D'un amour a fait un hermite,
         Et frère Luc aussi l'étoit,
         Et le plus doux miel il goûtoit,
         Dans ses extases volontaires.
         Ce ne sont pas là nos affaires.
         La Fontaine est un indiscret
         Qui ne nous servira plus guère,
         Grâce à nosseigneurs reverbères,
         Cependant il est un secret
(4)      Suprême, maîtresse des cœurs,
(5) A partir d'ici, il y a encore de très nombreuses variantes dans le texte *des Sultanes.*
         Vois-tu nos *merveilleuses sœurs.*
         Et les toupets en *escalades,*
         Et les côtés en *palissades,*
         Ce sont des Grecques que voilà,
         Il faut aussi nous loger là,
         Aux solitaires contre-allées,
         Où marchandises sont mêlées ;
         Tantôt c'est en *cabriolet,*
         Qu'une de nos *sœurs* bien coiffée,
         L'une en *Bourbonnaise* attifée,
         Commise du sieur *Nicolet,*
         Et muse du sieur Taconet ;
         Du moins la contre-allée est sombre,
         Le reverbère n'y luit pas,
         C'est le rendez-vous des rabats, etc

La plupart très reconnaissables,
Par mille allures remarquables,
Un air pimpant, des yeux quêteurs,
De grands toupets en escalades
Et les côtés en palissades.
Tantôt c'est en cabriolet
Qu'une Nymphe des mieux coiffée
S'arrête près de Nicolet ;
L'autre en Bourbonnaise atiffée,
S'étale avec un air coquet,
Aux solitaires contre-allées,
Où marchandises sont mêlées ;
C'est surtout quand il se fait tard
Qu'elles viennent de toute part :
Qui pourroit deviner le nombre
Des fausses prudes cherchant l'ombre,
Qui ne vont pas là tout exprès
Pour humer à crédit le frais ?
Comme cet endroit est très sombre,
Qu'on n'y voit que par-ci, par-là,
Il faut aussi nous loger là ;
Nous le croyons propre au commerce
Auquel notre troupe s'exerce,
Il peut nous tirer d'embarras :
C'est le rendez-vous des rabats,
Des petits Sénateurs en germe,
Des riches commis de la Ferme ; (1)
Quand de calculer ils sont las,
On les voit venir pas à pas,
Pour s'y rafraîchir l'épiderme ;
Rencontre-t-on ces gros papas,
On s'intrigue, on parle tout bas,
Pour un instant le cœur s'afferme,
On n'est pas Turc près des ducats, (2)
Et cela fait payer le terme.
Est-il lieu comme celui-ci ? (3)

    Rome l'ancienne avait bâti
Un temple à Vénus immortelle :
Vénus, dit-on, n'a point pati,
D'être dans Rome la nouvelle ;
On parle d'un certain quartier......
Que les boulevards soient le nôtre ! (4)

(1)   D'apprentis milords de la ferme.
(2)   Les écus valent des ducats.
(3)   Heureuses si le commandant
       D'une garde un peu trop active,
       Ne tenoit pas sur le qui-vive
       Un amour qu'il croit trop ardent,
       Cet amour il faut bien qu'il vive.
       Rome l'ancienne avait bâti
       Maint temple...
4)    L'amour ne fut jamais sorcier,
       Toujours ce Dieu fut bon apôtre,....
       Oui, que l'on daigne cantonner

[On nous le doit plus qu'à tout autre ;
Car enfin quel est le métier
Où l'on voit d'aussi bon apôtre,
Qui ne s'occupe tout entier
Que de l'utilité publique,
Malgré du monde la critique ?
Nymphes ont le cœur si loyal,
Qu'elles font le bien pour le mal.

Que feraient les femmes décentes,
Ces héroïnes de vertu,
Dans mille attaques renaissantes,
Si nous n'étions les combattantes ?
Après qu'elles ont combattu,
L'honneur leur reste, et nous, par grâce,
On nous hue, on nous rime en tain,
On nous envoye à Saint—Martin ;
Mais supposé que l'on nous chasse, (1)
Reprendront-elles notre place,
Celles pour qui nous militons ?
Eh ! qu'il en est dans ces cantons (2
Faisant nos tours de passe-passe,
Allant comme nous à la chasse,
Sur les plaisirs de Cupidon ! (3)
Mais motus, ce sont des matronnes,
[A qui, public, tu le pardonnes,
Par leur prévoyante façon
D'éviter tout mauvais soupçon :
D'ailleurs à Paris, comme à Rome, ]
Péché caché vaut son pardon.

Pour nous l'on prend un autre ton, (4
Par grâce obtiens, grande patronne,
Que quelque rempart on nous donne,
Où la garde qui voit trop bien,
Passe, comme ne voyant rien,
[Sans lire dans la perspective,
Et que l'illustre commandant
D'une garde un peu trop active,
N'y tienne plus sur le qui vive,
Un amour qui n'est trop ardent
Que parce qu'il faut bien qu'il vive.

L'espèce honnêtement nombreuse,
L'*engageuse* ou la *dégageuse*,
Qui son petit bien veut donner.
Qu'on nous appelle vierges folles,
Conte que cela, fariboles !
Il est permis de se damner.

(1)  Si le reverbère nous chasse.
(2)  Qu'il en est dans ces beaux cantons.
(3)  Plus décemment qui les enclasse !
(4)  Pourtant, bienfaisante patronne,
     Si quelque rempart on nous donne,
     . . . . . . . . . . . . . . .
     La troupe à servir toujours prête,
     Rentrera sous tes étendards.

Si l'on daigne ainsi cantonner,
De notre légion fameuse.
L'espèce honnêtement nombreuse
Qui son petit bien veut donner,
Bientôt notre troupe galante
Telle que des héros militante,
Levra de brillants étendards,]
Et te fera des boulevards
Un nouveau pays de conquêtes : (1)

(1) Ici, tout est différent dans le texte des *Sultanes nocturnes.*

Mais pour courir tant de hazards,
Toujours le reverbère en tête,
Et les pousseux et leurs mouchards,
Les falots, espèces de bête.
Heurtant, comme loups plus hagards,
Ce Guet qui se croit le Dieu Mars
(Le tien Vénus est plus honnête)
Le diable emporte les remparts,
Si l'on y prend comme on y guette...
Déesse, où vas-tu nous placer ?
Nous ne sommes que du tiers-ordre :
Les petits on peut tracasser ;
Mais sur les grands on n'ose mordre,
Le cas doit bien t'embarrasser,
Car notre état n'est que désordre.
Pourrions-nous la tache effacer,
Quand nous aurions un privilége ?
Nous pourrions bien nous en passer,
Nous qui sommes du vieux collége...
Enfin quel sera notre sort,
Vénus si c'est une infamie,
De n'avoir baron ni milord,
N'étant pas de l'Académie ?
Encor faut-il venir à bord,
Et montrer qu'on a du génie...
Il en est un que tu connais,
On dit que Minerve, Uranie,
(Gex, que nous n'avons vu jamais,
N'étant pas de la compagnie),
Présidant à ses plans parfaits ;
La capitale est embellie,
Par son goût et par ses bienfaits ;
En homme il est galant, aimable ;
En magistrat, fort peu traitable,
Pour nous seulement ; disons tout :
Nous ne sommes pas de son goût.
Il aime un peu trop la décence ;
Nous n'en voulons qu'à la finance ;
Néanmoins, par an, douze fois,
Il a l'honnête complaisance,
Quand notre honneur est aux abois,
De l'entendre en pleine audience.
Le premier vendredi du mois,
(L'époque est pour nous d'importance) ;
Et nos sœurs qui, par négligence,
N'ont pas su garder le silence ;
Comme *Iris*, *Tiras* dans un bois,
Où le plaisir seul tient séance ;
Hélas ! ce digne appui des loix,
En les pesant dans sa balance,
Et trouvant nos sœurs de faux poids,
Pour le bon ton et l'innocence,
D'un seul mot qui n'est pas *grivois.*
Il les envoye en pénitence ...
N'importe, nous l'aimons encor ;
Et si nous trouvions un trésor,
Si gracieux que l'honneur même,

[On connoit notre fermeté,
On sçait qu'à servir toujours prêtes,
Nous n'avons jamais hésité ;
Ce sera dans les contre-allées
Que nous ferons nos assemblées,
Comme ces sages anciens
Dits Péripatéticiens,
Formant un corps ambulatoire ;
De ces lieux où l'on ne voit rien,
Nous formerons pour plus grand bien,
Un nouveau temple de mémoire.
C'est là qu'on apprendra l'histoire
De ces héros, vrais fils de Mars, (1)


Nous l'offririons à ce Mentor,
A ce sage que chacun aime.
Toi, notre déité suprême,
Vole vers lui, tu le verras
Régler Paris sans embarras,
Rendant la ville aimable et sûre ;
Dans son esprit tu trouveras
Les attributs de la ceinture ;
Dans son cœur la simple nature ;
Et toi, qui ne crains pas le Guet,
Ni la reverbérique injure :
Déesse, en gardant le *lacet*,
Au cabinet, dans l'encoignure,
Glisse en sa main notre placet ;
Sa discrétion nous rassure....
Plaise au magistrat bienfaisant,
Qui règle cette ville immense,
Paris, magasin d'abondance,
Où notre sexe est plus plaisant
Qu'en aucun endroit de la France.
Puisse-t-il plaire à mon seigneur,
Que les *demoiselles du monde*,
Qui se donnent autant d'honneur
Qu'on en donne au bout d'une fronde
Se pourra-t-il, grand magistrat,
Que votre humanité réponde
Aux vœux ardents du tiers-état
Des filles dont Paris abonde ?
Filles, c'est un sort si charmant,
Avec quelque attrait du bien-être.
Plus d'une femme à sentiment,
Est jalouse de le paroître,
Moins pour l'époux que pour l'amant.
Monseigneur en doit bien connoître,
De ces faiseuses de serment,
Désertrices du sacrement....
Pour n'avoir pas l'honneur d'en être,
L'on nous traite bien rudement ;
Monseigneur, vous êtes le maître....
Mais si l'on osoit proposer,
Un tempérament composer,
Vous le trouveriez bon peut-être ?
N'importe il faut toujours oser,
C'est un projet, vaille que vaille,
Qui n'ira pas jusqu'à Versaille,
Mais qui pourra nous amuser...
De nos remparts les contr'allées
Où nous faisons nos assemblées,

De héros, non des fils de Mars,
De ceux qui courent les hazards,
Au sein même de la victoire,
Au grand saint Côme offrant leur gloire,

Qui savent braver les hazards,
Au sein même de la victoire ;
Qui viennent ensuite à l'écart,
Au grand Saint-Côme offrir leur gloire
Et leur larmoyant étendard.

On y verra nos héroïnes
Dignes de l'Immortalité,
Nos Angéliques, nos Justines,
Dont le grand cœur, la fermeté,
La valeur, l'intrépidité,
Les égalent aux Messalines,
Dont le nom étoit si vanté.

Pour tant d'actions glorieuses
Et de prouesses si fameuses,
Nous ne demandons qu'un répit :
On sçait que dans l'endroit susdit,
Le soir, jusqu'à la neuvième heure,
Le rempart nous met en faveur,
A peine le Guet nous effleure,
Enchanté de notre ferveur ;
Mais quand l'heure dixième sonne,
C'est alors que le Guet raisonne :
Adieu dès-lors nos petits-jeux,
Forcés de faire place à ceux
Qu'en ce moment Nicolet donne : (1)

Et leurs périlleux étendards.
Nous chanterions mainte héroïne
Zaïre, Fatime, Justine,
Et Flore du quartier Cadet,
Qu'enrichit un lourd Turcaret.
La théâtrale République,
Singulièrement la lyrique,
Fourniroit matière à nos chants,
Pour le tragique et le comique,
Si la garde, plus pacifique,
Ne poursuivoit, à bout touchant.
Notre ambulance famélique.
Ah ! que les hommes sont méchants !
Vous, seigneur, dont l'âme est si belle,
En plaçant ailleurs votre zèle,
Par exemple, sur les filoux,
Plus dignes de votre courroux
Qu'une timide demoiselle,
Humainement, ne pourriez-vous
Sans reverbère, ni chandelle,
Nous rendre les remparts plus doux,
Ordonnant à la sentinelle
De spéculer d'autres que nous,
A moins qu'il n'arrive querelle :
Alors que la garde s'en mêle,
Seulement, pour parer les coups ;
Car jurer n'est que bagatelle.
En rencontre ou rendez-vous,
La nuit jusqu'à la dixième heure.

(1)     Il rit, il chante en son tracas,
Il fait parler jusqu'au bœuf gras,
Et nous sommes silencieuses ;
Les vierges ne se voilent pas,
Nous avons nos *mystérieuses*,
C'est son maudit jeu qui nous suit

Car quand il est tout à fait nuit,
Si nous risquons d'être joueuses,
Comme il est joueur à minuit,
On nous appelle des coureuses.
Le Guet court sur nous à grand bruit,
Nous atteint, nous gante (1) et conduit
Où sont les anti-vertueuses. (2)

Pour grâce, dis-je, et tout répit,
Qu'on nous donne, comme il est dit,
Une permission tacite,
Comme on en donne à maint auteur, (3)
Afin qu'il trouve un imprimeur ;
De la dixième heure susdite,
Qu'il nous soit libre au boulevard,
De compter jusqu'à la douzième ;
Car pour nous deux heures plus tard
Sont d'une conséquence extrême ;
Le souper rend l'esprit gaillard, (4)
Et cela, comme on imagine,
Favorise très fort notre art.

Moyennant cette grâce insigne,
Le commerce se relevra ;
Ne jouant plus à la sourdine,
L'argent à foison nous pleuvra ;
Nous pourrons, comme toi, Cyprine,
Tranquillement sur un sopha,
Braver et misère et famine.
Ainsi soit-il.

(1) Var. nous traîne.

(2)   Que les filles sont malheureuses !..
Pour toute grâce, monseigneur,
Et par permission tacite

(3)   Qui l'assiste dans sa guérite.

(4)   D'abord on parle de musique,
Dont le moindre caffé se pique,
Des chefs-d'œuvre de plus d'un art,
Que votre goût met en pratique
Ensuite, un peu plus à l'écart,
On s'exerce sur la physique.
L'air est si vif sur le rempart...
Ce faisant, *nocturnes Sultanes*,
Ambulantes pareillement,
Tout le *virginal* régiment
Des reverbères diaphanes,
Feront un éloge charmant.
Et quand, par un décret contraire,
Viendroit appel comme d'abus,
On ne vous en voudroit pas plus,
Et vous n'en sauriez pas moins plaire.
En vain le vice a combattu
Dans une brillante carrière ;
Il faut qu'il morde la poussière
Et rende hommage à la vertu.

Paris. — Imprimerie française et espagnole de Dubuisson et Cⁱᵉ, rue Coq-Héron, 5.

**PARIS.**

IMPRIMERIE FRANÇAISE ET ESPAGNOLE DE DUBUISSON ET Cie,
Rue Coq-Héron, 5